KB242512

꾸준함을 기르는 일

꾸준함을 기르는 일

# 꾸준함을 기르는 일

완벽하지 않아도 매일 성장하는 태도에 대하여

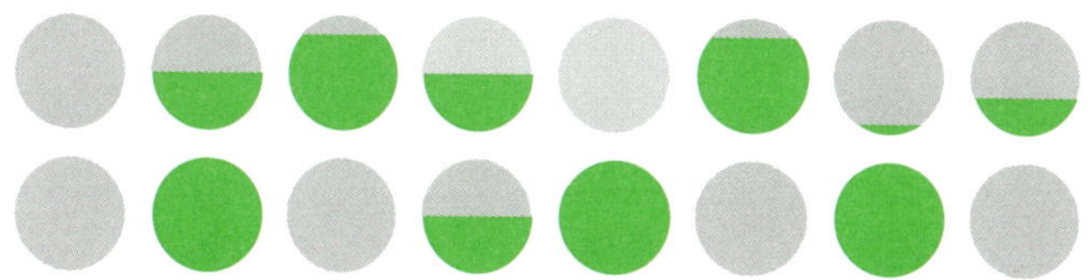

수풀림 지음

# 꾸준함을 기르는 사람들의 이야기

## 미경

올 한 해 만남 TOP 10을 꼽자면 수풀림님이 반드시 들어갑니다. 우연히 인스타그램에서 글을 본 게 제 인생을 바꿨어요. 올려주신 글을 읽으며 하루를 정갈하게 시작한답니다. 저는 몇 년간 좋은 습관을 갖기 위해 무척 애써왔는데요. 함께한 프로그램 덕분에 변하고 있는 자신이 이제는 자랑스러워요.

## 세아

결과와 상관없는 과정의 즐거움을 알게 되었어요. 저는 제가 느긋한 사람인 줄 알았는데 사실 조급함이 가득 차 있더라고요. 자책했던 순간도 있었죠. 마음과 행동이 다른 괴리감이 저를 더 괴롭혔던 것 같아요. 이젠 마음의 여유를 누리며, 알고 있는 것을 삶에 녹여내고 있어 기뻐요.

## 소다나

삶을 '버티고' 고통을 '견디던' 제가 지금은 '유연하게 흔들리며 무엇이든 경험한다'는 마음으로 일상을 보내고 있습니다. 수풀림님이 운영하는 다양한 프로젝트에 참여한 덕분에 영혼의 뿌리가 생겼거든요. 이따금 흔들리는 순간이 와도 써주신 글을 읽으면 제자리로 돌아온 느낌이 들어요.

## 민영

주어진 하루를 소중하고 예쁘게 빚으며, 정성스럽게 살아가고 있어요. 특히 매일 글을 쓰는 과정이 부담으로 다가올 줄 알았는데, 하루도 빠지지 않고 스스로와의 약속을 지켜냈습니다. 예전이었다면 수정에 수정을 거듭하며 저장만 해두었을 텐데, 이제는 하고 싶은 말을 가볍게 표현하는 사람이 되었어요.

## 은정

프로그램에 여러 차례 참여하며 운동, 글쓰기 등 한 가지 행위를 온전히 음미하는 법과 나 자신을 사랑하는 연습까지 정말 많은 것을 배웠습니다. 요즘은 일상에서 이렇게 배운 좋은 습관을 꾸준히 이어가려고 노력하고 있어요. 작게 시작했던 습관들이 저를 더 단단하게 만들어 주고, 제가 변화하는 과정을 보니 참 신기해요.

### 숲이

제가 좋은 환경 안에 들어가면 더 열심히 할 수 있는 사람이라는 것을 느꼈어요. 수풀림님이 열심히 사는 이유가 "나는 나에게 잘 보이고 싶다"라고 하신 게 기억에 남아요. 이제는 남들이 어떻게 보는지는 크게 신경 쓰지 않게 됐습니다. 제가 저에게 잘 보이고 싶은 마음이 들어요.

### 은혜

챌린지 시작을 앞두고 글쓰기가 참 두려웠는데 이제는 자꾸만 쓰고 싶어지네요. 제겐 놀라운 변화입니다. 삶 속에서 중요한 것 중 하나가 자신을 돌아보는 일 같아요. 앞으로도 꾸준히 글을 쓰면서 내면을 들여다보는 시간을 가지려 합니다.

### 정진

'이유가 없어도 나를 사랑하자'라는 생각이 체화되고 있어요. 나 자신을 사랑하는 것에 이유를 붙이지 않으니 완벽하지 않아도 괜찮다며 스스로 다독여 줄 수 있게 되더라고요. 그동안 스스로 많이 다그쳤던 것 같아요. 그래도 그런 시간이 있기에 지금의 제가 있는 거겠죠. 오늘도 이유 없이 저를 사랑해 주겠습니다.

### 성일

단순한 인증이 아닌 진정으로 자신을 위해 매일 최선을 다하는 저를 만나게 되었습니다. 가벼운 마음을 갖고 작은 성공 경험을 만들고 싶었어요. 이런 마음가짐으로, 첫날보다 조금은 가볍고 편한 마음가짐으로 기록을 이어 나갈 수 있었습니다.

### 일경

나를 위한 식사를 차리는 것을 목표로 습관 만들기에 도전했습니다. 이제 아름다운 그릇에 식사를 차려내는 게 일상의 익숙한 광경이 되었어요. 무엇보다 식사를 준비하는 시간이 더 이상 시간 낭비로 여겨지지 않아 참 다행이고 고마운 변화입니다. 앞으로도 '할까 말까'가 아니라 '어떻게 하면 더 효율적이고 더 재밌게 할 수 있을까'를 고민하며 무엇이든 시도하려 합니다.

# 꾸준함을 기르며

오랜 시간 '꾸준함'이란 단어를 무서워했습니다.

그럼에도 꾸준한 사람이 되고 싶었습니다. 이유는 단순합니다. 저는 살아 있는 게 좋아요. 이 아름다운 삶을 더 마음껏 즐기고, 발길이 닿는 세상의 구석구석을 누리고 싶었습니다. 가만히 있는다고 해서 제가 누릴 수 있는 세상의 크기가 저절로 커지지는 않더라고요. 이왕 태어났다면, 스스로 더 마음에 드는 저를 만들어 보고 싶었습니다. 그러기 위해서는 변화와 성장이 필요했습니다.

변화와 성장은 절대적인 시간을 꾸준히 투입해야만 합니다. 저는 그 시간을 견딜 힘이 오랜 시간 부족했어요. 변화의 시작을 보기도 전에 좌절의 맛부터 느끼곤 했습니다. 인내심이 충분히 쌓이기 전, 불안함과 조급함이 먼저 앞섰거든요.

짧은 시간 몰입해 무언가를 손에 쥐는 것은 비교적 쉬웠습니다. 며칠간 꾹꾹 눌러 참으면 어떻게든 눈에 보이는 결과를 만들어 낼 수 있었으니까요. 그러나 '계속'하는 건 다른 차

원의 일이었습니다. 자신을 억누르고, 조이고, 참아내서는 오래 할 수 없었죠. 꾸준히 하기 위해서는 저를 이해하고 친해져서 계속 뛸 수 있도록 힘을 불어넣어 줘야만 했습니다. 그러나 슬프게도 저는 저와 친하지 않았습니다. 오히려 미워하는 데에 온 힘을 쏟곤 했습니다. 무엇이든 시작할 때면 늘 의심의 말부터 건넸어요. '어차피 이것도 끝내지 못할 거지?' 의심받는 저는 주눅이 들어 어떤 일이든 금방 포기하고 말았습니다. 누구보다 저를 믿지 못했어요.

저는 에디터라는 직함으로 여러 형태의 회사에서 직장 생활을 했습니다. 학생 시절 꿈꾸던 일이었고, 일을 하며 성취감과 행복을 느끼는 순간도 많았어요. 하지만 일을 하는 몇 년 동안 역시나 단기적인 성과만을 좇았고, 순간적인 힘으로 일을 쳐내고 탈진하기를 반복했습니다. 그 결과, 이 책에서 앞으로 고백할 것처럼 번아웃에 빠지기도 하고 몸이 망가져 삶이 휘청거리기도 했습니다. 이렇게 넘어지기를 반복하니 무언가를 이루기 위해 노력하는 제 방식이 달라져야 한다고 느낀 순간이 찾아왔어요. 제가 진정으로 원하던 성장과 변화를 위해서는 흘러가는 시간 속에서 묵묵히 자신을 마주하는 시간이 필요하다는 것도 절실히 깨달았습니다.

돌이켜 보면 저를 멈추고 포기하게 만들었던 건 그 누구도 아닌 저 자신이었던 것 같습니다. 환경이 변해서, 누군가가 힘들게 해서, 맡은 일이 버거워서……. 이런 건 다 핑계였어요. 그저 저는 자신을 잘 다루지 못하는 상태였습니다. 그래서 스스로를 이해하고, 내면부터 바꾸려 노력했습니다.

반복되는 좌절에 지쳐 있었지만, 그럼에도 무언가를 계속 시도했어요. 제 마음속에는 늘 더 멋진 삶을 누리고 싶은 향상심이 있었거든요. 때로는 쉽게 낙담하고, 선택한 방법을 믿지 못해 노선을 틀기도 했습니다. 방향을 바꾸며 생긴 공백에 큰 불안을 느끼기도 했고요. 그렇지만 넘어질 때마다 다음엔 어떻게 더 오랫동안 할 수 있을지를 고민했습니다. '나는 왜 자꾸 멈추지? 어떻게 하면 꾸준한 사람이 될 수 있지?' 끊임없이 물었습니다. 그 물음의 끝에서 저는 조금씩 자신을 대하는 방식을 바꿔갔습니다. 억지로 힘을 주는 대신 스스로를 이해하고 다독이는 법을 익힌 것이죠. 그 과정에서 막연하게 생각해왔던 꾸준함의 모습이 아닌, 실생활에 적용할 수 있는 꾸준함의 민낯, '진짜 꾸준함'이 무엇인지 감각할 수 있었습니다. 그 이야기를 블로그와 인스타그램에 기록했고, 저처럼 도전하고 포기하는 반복에 지쳐 있던 많은 분이 공감해 주셨습니다.

이렇게 삶에서 길어 올린 진짜 꾸준함의 모습을, 그리고 그 과정에서 자신을 이해하고 삶을 사랑하게 된 과정을 나누고 싶어 저는 용기를 냈습니다. 회사 바깥에서 독립해 제가 겪은 이야기를 글로 전하고, 꾸준함을 함께 기를 수 있도록 다양한 프로그램을 기획하고 운영했습니다. 그 결과, 많은 분이 꾸준함을 자신의 것으로 만들 수 있었어요.

자주 멈추던 제게 이제는 꾸준함을 설명하는 다른 표현들이 생겼습니다. 마음의 근력, 자기 이해의 결과, 삶에 대한 애정 같은 것들입니다. 제가 꾸준히 할 수 있다는 건 그 과정을 버틸 만큼 내면이 강해졌다는 것이고, 오랜 시간 자신을 조절할 수 있을 만큼 스스로를 잘 이해하고 있다는 뜻입니다. 무엇보다 삶에 대한 사랑이 깊기에 우리가 꾸준해지고 싶어 한다는 걸 분명하게 알고 있습니다.

앞으로 전할 이야기에는 꾸준함을 '무서워하던' 사람에서 꾸준히 '하려는' 사람으로, 결국엔 '꾸준히 하는' 사람으로 성장한 저의 지난 시간이 새겨져 있습니다. 누구보다 많이 넘어지고 헤맸기에 이렇게 한 권의 책이 될 수 있었던 게 아닐까 싶어요.

꾸준함은 주먹을 꽉 쥐듯 힘을 줘서 얻어내는 게 아니라는 걸 이제는 압니다. 꾸준함을 길러내는 일은 단순한 자기계발의 시간이 아니라, 자기 이해와 자기 사랑의 과정입니다. 스스로 어떤 사람인지 탐구하고, 덜 힘들고 더 행복할 수 있도록 보듬어주는 과정 말이죠. 자신과 친해지니 꾸준함은 저절로 생겨났습니다. 아무런 걸림돌 없이 부드럽게요.

이 책을 읽는 여러분께서 꾸준함을 단순히 성공의 수단으로만 바라보지 않으셨으면 좋겠어요. 저는 꾸준함을 기르는 과정에서 스스로와 더 친한 친구가 될 수 있었거든요. 이 든든하고 안락한 느낌이 제 삶을 편안하게 만들어 줬어요. 자신이 자신을 돕는, 가장 친한 친구가 되어 주는 기쁨. 이 책이 그 기쁨을 느끼는 데 도움이 되기를, 그리고 모두가 삶의 여정을 즐기며 꾸준히 걸어갈 수 있기를 진심으로 바랍니다.

*Awake*

나는 왜 자꾸 멈추는 사람이 될까

# 쳇바퀴 속으로 입장하셨습니다

나는 왜 매번 멈출까?

나는 자기계발 중독자였다.

몸과 시간을 갈아 넣어 열심히 하는 것만이 정답인 줄 알았던 사람. 온갖 자기계발서와 사람들이 좋다는 것들은 다 해봤다. 하지만 이상하게 늘 제자리걸음이었다. 결국 그만두고 다른 방법을 시도하기를 반복했다. 그리고 다시 포기했다.

어딘가 꽉 막히고 체한 느낌이었다. 매 순간 긴장하며 열심히 사는데 어느 방면에서도 나아지지 않는 기분이었다. 물론 이따금 짜릿한 성취감도 있었다. 그러나 그 성취감을 온전한 행복이라 부르기엔 망설여졌다. 기쁨은 신기루처럼 찰나에 사라졌으니까. 내가 '자기계발'을 하며 나를 변화시키고 성장하고 있는 거라면 그 과정에서 조금의 성취감이나 즐거움은 있어야 하는 거 아닌가? 지금보단 결과가 더 있어야 하는 거 아닌가? 인풋이 있으면 아웃풋이 있어야 한다. 노력했으면 티끌만큼이라도 좋아져야 한다. 그게 노력의 맛이다. 하지만 나에게 만큼은 이 공식이 통하지 않는 것 같았다. 내가 좋은 곳으로 향하고 있다는 확신이 없었다. 확신을 얻지 못하니 불안이 찾아왔다. 인생이 커다란 쳇바퀴 안으로 들어온 것 같았다.

쳇바퀴 안으로 나를 밀어 넣는 방해꾼도 있었다. 완벽주의다. 그는 내게 꼭 붙어 유혹의 말을 건넸다. "매일 완벽하게 해야 더 나아질 수 있어!" 성장하고 싶은 마음이 가득했던 나는 완벽주의가 그려준 이상적인 모습에 홀딱 반했다. '이렇게만 하면 변할 수 있다고?' 그가 하는 말은 대단히 일리 있어서 듣는 족족 그 말에 따라야 할 것 같았다. 불안한 마음과 고약한 완벽주의는 손을 잡기 쉽고, 한 사람을 옥죄는 여정은 대체로 다음과 같이 펼쳐진다.

자, 오늘부터 진짜 시작이다! 새벽 5시, 휴대폰 알람이 시끄럽게 울린다. 물 한 잔을 마신 뒤 겨우 책상에 앉는다. 체크리스트를 펼치고, 출근 전 해야 할 일을 하나씩 해나간다. 일기를 쓰고, 블로그에 포스팅 하나 하고, 신문과 책도 몇 쪽 읽는다. 아침밥도 챙겨 먹는다. 역시, 첫날이지만 해보니 힘이 넘친다. 인스타그램에서 보던 갓생러잖아.

그렇게 성취감을 조금씩 느끼던 어느 날 아침, 전날의 피로에 못 이겨 늦잠을 자고 만다. 빠르게 머리를 감고 의자 위에 벗어둔 옷을 아무거나 주워 입는다. 이제 눈을 떴는데 실패한 기분이 든다. 하루가 벌써 흙탕물이라도 튄 듯 오염된 것 같다. 마음은 울상이지만 일단 집을 나선다. 헐레벌떡 지하철의 인파 속으로 뛰어든다.

밤 10시, 야근을 끝낸 뒤 택시를 타고 퇴근한다. 오늘은 깔끔하게 운동도 쉬어야겠다고 생각한다. 완벽주의의 등장이다. 완벽주의는 늘 전부 아니면 전무의 태도를 강요한다. 아침엔 늦잠을 잤고 회사에서선 마음대로 되는 일이 없는 데다 야근까지 했다. 며칠간 꾹꾹 억누른 스트레스가 폭발한다. 오늘은 해방의 날이다. 퇴근길에 야식을 시킨다. 힘든 날에 대한 보상은 언제나 배달 음식이다.

보고 싶었던 예능 프로그램을 보면서 현실을 잊고 허기를 달랜다. 짜릿하다. 앉아 있기 힘드니 누워서 숏폼을 보며 계속 화면을 넘긴다. 괜찮아, 내일부터 다시 운동하면 되니까……. 새벽 2시, 스르르 눈이 감기고 다음 날도 늦잠이다. 주변에 속상한 마음을 털어놓는다. 한 친구는 말한다.

"다들 그러면서 사는 거 아니겠냐. 너만 그런 거 아니야"

그래, 다들 이렇게 사는 거 아닌가? 무슨 부귀영화를 누리자고 스트레스 받으며 살아야 하지? 일도 많은데. 이번 주말까지만 놀고 다음 주부터 다시 하자.

그리고 아무것도 시작되지 않았다. 나는 매번 이렇게 멈추는 사람이 되었다.

# 내가 내 발을 걸며 살아온 거야

지금 힘들어야
좋은 것이 찾아온다고 믿었다

빠르고 완벽하게 해내려는 욕심, 마음이 앞서서 몸을 보살피지 못하는 생활, 과하게 긴장하고 미리 걱정하는 습관, 스스로를 증명해야 한다는 치기 어린 마음. 이 모든 것은 똘똘 뭉쳐 성장하고 싶은 사람의 마음을 괴롭힌다.

특히 증명하고 싶은 마음은 사람을 매번 과하게 만든다. 하루라도 빨리 깜짝 놀랄 결과를 만들어야 한다고 부추기기 때문이다. 사실 그 마음을 자세히 들여다보면 무엇을 증명하고 싶은지, 어디에 증명하겠다는 건지 분명하지 않은 경우가 많다. 지금의 내 모습은 '완성형'이 아니라고 여기며, 항상 '변해야 한다'고 스스로를 다그칠 뿐이다.

왜? 내가 머무는 현실이 불만족스러워서였다. 일상이라 부를 시간도 없이 출퇴근을 반복하며 주말만을 기다리고, 일요일 낮부터 다음날 출근 생각에 버거웠다. 겨우 낸 연차에 숨이 트였고, 햇빛을 받으며 걷는 평일 대낮의 거리가 낯설었다. 이러려고 그토록 오랜 시간 공부하고 취업 준비를 하며 노력한 걸까? 하지만 이 상황을 뛰어넘을 수 있다는 희망도 동시에 품고 있었다. 서점에 가면 가슴이 두근거렸다. 성공한 사람들이 쓴 책을 읽을 때면 나도 할 수 있을 듯했다. 이 불만족스러운 현실에서 벗어나는 방법을 다 알려주고 있지 않은가. 방법은 지천으로 널려 있고 그대로 따라만 하면 되는 오픈북 시험이다. 이걸 그대로 하지 않으면 정답을 알려줘도 틀리는 사람이 된다. 그래서 '악착같이' 모든 것을 따라 했다. 과정이 고통스러워야 꽃이 피는 줄 알았다. 전래동화의 주인공 서사처럼, 지금 힘들어야 그 대가로 좋은 것이 찾아온다고 믿었다. 그렇게 수많은 날을 시작하고 멈추길 반복하며 나를 채찍질했다.

2를 넣으면 2가 나오길 바랐고, 5를 넣으면 5가 나왔으면 했다. 아니, 솔직히 그 몇 배의 결과가 나오길 바랐다. 그것도 되도록 빨리. 그러나 사람은 기계가 아니다. 당연히 결과는 쉽게 나타나지 않았다. 늘 힘에 부쳐 도중에 그만뒀고 마치 처음 시작하는 사람처럼 다시 시도하기를 반복했다. 차라리 가만히 있는 게 나았을까? 아무것도 하지 않았더라면 좌절감도 크지 않았을 테지……. 스스로를 누구보다 믿고 응원해야 할 건 나인데, 이 세상에서 내가 나를 가장 믿지 못했다. 무엇보다 평생 함께해야 할, 자신을 미워하고 있었다. 대체 왜 이런 실패가 반복되는 걸까?

## 자꾸 멈추게 되는 이유

첫 번째, 과했다. 기업에서 새로운 프로젝트를 시작할 때 가장 먼저 체크하는 것이 팀과 개인이 가진 자원과 일정이다. 나는 내가 가진 시간과 에너지의 총량을 정확하게 파악하지 못하고 그저 좋다는 것은 무조건 일과에 쑤셔 넣었다. 목표는 늘 과하게 잡았다. 그래야 빨리 이룰 수 있다고 믿었으니까. 아침에 눈을 떠 밤에 잠들기 전까지 빡빡하게 일정을 세웠고, 우선순위가 없었다. 운동도 하고, 공부도 하고, 책도 읽어야 했다. 여러 가지 입력을 동시에 했다. 휴식은 게으른 사람이나 하는 줄 알았다. 지칠 때면 넘어진 경주마를 일으켜 세우듯 나를 몰아붙였다.

두 번째, 내가 없었다. 세상에는 수없이 많은 자기계발서가 있고 방법도 가지각색이다. 당연히 이 모든 방법을 다 받아들일 수는 없다. 시행착오를 거쳐 나에게 맞는 방식으로 재가공할 줄 알아야 한다. 사람마다 성향이나 처한 환경, 잘하는 것이 다 다르니까. 그러나 누군가가 30일간 했다면 나도 30일을 목표로 삼았다. 책에서 경제 용어를 외우라고 하면 리스트를 그대로 뽑아 외웠다. '행위'를 따라 했을 뿐 내가 하는 노력의 본질이 무엇인지 정의하지 못했다. 그저 똑같이 따라 하면 성공할 수 있을 거라 철석같이 믿었다.

　세 번째, 조급했다. 빠르게 변하지 않으면 쉽게 좌절했다. 평소에 안 하던 노력을 갑자기 하면 금세 희망이 차오른다. 며칠을 반복하다 보면 인생이 쉽게 변할 것 같은 착각에 빠진다. 그러나 성장에는 시간이 걸리기 마련이다. 하지만 나는 정체 구간에 진입하거나 변화의 속도가 느려지면 그 시간을 견디지 못했다. 그러고는 현실과 기대의 괴리감에 압도당했고, 넘어질 때면 앞이 까마득했다.

　쳇바퀴 돌듯이 제자리에서 넘어지기를 반복한 건 그 누구의 탓도 아니다. 내가 내 발을 걸며 살아온 것이다. 그런데 도대체 왜? 자신을 미워하게 되면서도 계속 새로운 일을 시도했던 이유는 뭘까?

# 그럼에도 불구하고 다시 하는 마음

내게 주어진 삶을
헛되이 쓰고 싶지 않아

나는 그저 꾸준한 사람이 되고 싶었다. 그 꾸준함으로 내 삶을 직접 만들어보고 싶었다. 생이 한 편의 영화라면 지금은 지나가는 '조연1'에 불과한 느낌이었다. 삶을 직접 이끄는 게 아니라, 누가 써준 이야기 속에 등장만 하는 기분. 갈증을 느꼈다. 자기계발에 관심을 갖고, 바쁜 일과 속에도 새로운 과제를 스스로에게 줬던 건 머릿속에 있는 삶의 모습을 현실로 만들고 싶어서였다.

내 안엔 언제나 더 좋은 곳으로, 더 멋진 곳으로 향하고 싶은 욕구가 있었다. 가장 멋진 나를 만나고 싶었다. 생생하게 살아 있고 싶다. 자유롭고 싶다. 재미있게 살고 싶다. 다양한 사람들과 더 깊이 연결되고 싶다. 한 번뿐인 삶이라면 더 많은 것을 보고, 느끼고, 누리고 싶다. 마음이 이야기하고 있었다. 무엇보다 아무리 애써도 벗어날 수 없는 게 나라면 진정으로 나를 사랑하고 싶다. 내가 원하는 건 돈, 숫자와 같은 결과보다는 삶이 만족스럽고 충만하다는 '느낌'이었다. 마음속 깊은 곳에서 올라오는 만족감, 이 느낌은 어떤 순위나 금액처럼 숫자로는 얻을 수 없었다.

●

## 성장하고 싶은 마음은
## 잘못이 없다

우리 안에는 내게 주어진 삶이 헛되이 쓰이지 않기를 바라는 마음, 가장 멋진 모습의 나를 만나고 싶은 마음이 있다. 계속 무언가를 이뤄 타인에게 증명해 보이려 할 때도 있지만 사실 그 누구도 아닌 스스로에게 보여주고 싶은 것이 아닐까. 나의 한계가 여기까지가 아니라는 것을.

그러나 이런 마음을 삶에 표출하는 데에는 서투르다. 억누르고, 참아내고, 완벽을 바라고, 악바리처럼 해내고……. 이게 내가 변화하고 싶은 마음을 다루는 방식의 전부였다. 온갖 자기계발을 멈추고 다시 시도하기를 반복하며 나를 괴롭히고 나서야 알았다. 성장하고 싶은 마음은 잘못이 없다. 나아지고자 하는 마음이 자신을 아프게 한다면 그저 마음을 다루는 방법이 미숙했을 뿐이다.

　내가 가장 근사한 ‘나’로 성장하기 위해서는 변하고 싶은 마음을 제대로 들여다보고 건강한 방식으로 돌봐줘야 한다. 반복의 굴레에서 벗어나기 위해서. 이제 나에게 그만 미안해지자.

# 삶을 향한 사랑이 나를 지속하게 하고

성장하는 모든 순간이

재밌어진다

무언가를 시도하다 그만두기도 하지만, 그럼에도 불구하고 '계속하겠다'고 다짐하는 것은 삶을 향한 고백과 같다. 자신을 사랑하는 사람만이 이 마음을 가슴속에 품고 산다. 자신에게 조금이라도 더 좋은 것을 주기 위해 노력하는 게 사랑이 아니고 무엇일까? 이 애정이 엉망진창인 날을 버티게 하고, 지쳐 있는 나를 일으켜 세우며, 새로운 방법을 어떻게든 찾게 만든다.

같은 방법으로는 수없이 넘어져 봤으니 이제는 이 사랑을 다르게 표현해 보자. 쳇바퀴 같았던 악순환에서 탈출하기 위해 지치지 않고 지속하는 방법을 고민해 본다. 삶을 향한 사랑이 나를 아프게 하지 않도록, 즐겁게 나아가는 방법을 하나씩 찾아가는 것이다. 꾸준히 성장하는 사람이 되려면 무엇부터 해야 할까.

## 인생의 대부분은
## 과정 속에 있다

악착같이 해야 한다는 묵은 마음 습관에서 벗어나는 것부터 시작했다. 부침이 있을지언정 과정이 즐거워야 한다. 과정을 통과하면서 좋은 결과가 자연스럽게 따라왔으면 했다. 노력하는 시간이 흐를수록 나라는 사람의 색깔도 분명해지면 더 좋다. 결과를 얻는 순간은 늘 찰나다. 노력하는 과정이, 성장하는 과정이 내내 고통스럽기만 하다면 대부분의 시간이 불행으로 가득 찬다. 이렇게 긴 세월을 살아가는데 스냅샷 찍는 듯한 잠깐의 성취감에 매달려 일상을 고통으로 채울 순 없다. 매 순간이 귀한 삶이다.

변화는 반드시 힘들어야 한다고, 마음이 편안하면 발전이 없다고 말하는 목소리에 귀를 닫는다. 숨 쉴 틈도 없이 자신을 몰아붙이라는 조언은 듣지 않기로 한다. 세상에는 다양한 삶의 방식과 각자의 세계가 있다. 그 모든 세계에 천편일률적으로 적용할 수 있는 자기계발법은 없다. 나를 아프게 하며 성장하지 않을 것이다. 내일 멈출지도 모르는 삶, 모든 순간을 즐겁게 춤추듯 살고 싶다. 시간 위에 올라타 신나게 나아가고 싶다.

**< 꾸준한 사람이 되기 위해 세운 새로운 마음 규칙>**

- 타인의 방법을 그대로 수용하지 않고 나의 방식으로 커스텀 한다.

- 결과를 재촉하지 않아도 될 만큼 노력하는 과정도 재밌어야 한다.

- 과정이 재밌고 만족스러우면 좋은 결과는 저절로 따라온다고 믿는다.

- 어떤 순간에도 나를 미워하지 않아야 하며 변화하는 내가 자랑스러워야 한다.

- 성취의 기준을 세상이 아닌 과거의 나와 견주는 것에 둔다.


새로운 마음 규칙을 세우니 조급함이 사라졌다. 속도나 성과를 비교할 대상이 없어져서다. 어떻게 하면 나답게, 건강하게 지속할 수 있을지 그 방법을 생각하는 데 더 많은 시간을 썼다. 나만의 방법을 하나씩 갖출수록 삶이 선명해지고 불안감이 줄어들었다. 마음이 편안해지니 행동을 하는 건 더 수월했다.

이제는 시간이 걸리더라도 내가 진정으로 원하는 삶의 모습이 무엇인지, 어디로 향해 갈 것인지 생생하게 그려놓고 시작한다. 세상이 말하는 성공의 모습대로 목표로 세웠다간

다시 쳇바퀴에 갇힐 것이 뻔하다.

누가 좋은 회사로 이직했다고 해도, 연봉이 올랐다고 해도 마음이 동요하지 않았다. 친구, 동료, 미디어에 나오는 누군가를 따라 해야 할 것 같은 불안도 없었다. 나의 기준이 분명해지니 타인의 성장이 아무리 멋있어도 내가 원하는 모습은 아니라는 확신을 가질 수 있다.

당장의 결과로 이어지지는 않아도 내 삶에 필요한 일들을 정해 차근차근 행동으로 옮겼다. 아무런 보상이 없어도 매일 글을 썼다. 당장 큰 수익이 나지 않아도 내가 하고 싶은 일을 사이드 프로젝트로 만들어 시작했다. 여러 자격증을 따는 데 시간을 썼다. 취미로 음악을 배우기도 했다. 이 모든 게 누군가의 삶에선 필요 없는 일일 수 있겠지만 내 삶에선 의미가 있었고 그래서 열심히 했다. 새로운 마음 규칙을 따라 살면서 나는 하고 싶은 일이 무엇인지 명확히 아는 사람이자, 계속 행동하는 사람이 되어갔다.

## 꾸준함은 그저
## 흐름 속에 머무는 것

내가 원하는 것에 귀를 기울이고 행동으로 옮기니 생활도 건강해졌다. 조급하지 않기에 나를 몰아붙이지 않아서다. 이따금 긴 휴식도 취했다. 그러나 나에게 지치거나 질려서 아예 멈춰 있는 시간은 없었다. 결과는 예전보다 더 빠르게 나타났다. 가끔 넘어져도 새로 시작하기가 쉽다. 그냥 내 속도대로 다시 해내면 되니까.

이렇게 평정심을 갖고 건강하게 지속하면서 '꾸준함'이 무엇인가를 스스로 정의할 수 있게 됐다. 꾸준함은 흐름 안에 나를 두는 것이다. 생활의 경향성을 만드는 일이다. 스스로 만든 궤도 안에서 이탈하지 않고 머무는 것이다.

꾸준함의 정의가 내 안에 세워지자 하루를 100점 아니면 0점으로 평가하던 완벽주의에서 벗어날 수 있었다. 무엇보다 성장하는 모든 순간이 재미있었다. 게임 캐릭터를 키우는 것처럼, 나도 나를 키운다고 생각했다. 어제보다 조금 더 잘하게 되는 나를, 자신을 더욱 잘 다루게 된 나를 즐겼다. 인생을 숙제하듯 허덕이며 해치우는 게 아니라 흥미진진한 탐험이자 여행이라 여길 수 있었다.



## 꾸준함을 원하는 마음은
## 소중하다

우리는 왜 꾸준한 사람이 되고 싶어 할까? 누군가에게 "너 정말 꾸준한 사람이구나"라는 말을 듣기 위해서는 아닐 것이다. 자신의 삶을 마음대로 빚어보고 싶은 의지, 주어진 하루를 충실히 채워보고 싶은 애정이 있기 때문이다.

자신의 삶을 귀하게 여기는 이 마음을 소중히 보살펴야 한다. 때때로 찾아오는 좌절감과 회의감에 잠식되지 않고 미래를 향해 뚜벅뚜벅 걸어가는 나를 스스로 토닥여야 한다. 이제는 꾸준함을 원하는 나를 미워하지 말자. 삶을 향한 사랑이 우리가 계속하려는 이유란 걸 잊지 말고, 자신만의 길 위로 올라서자.

# 마음 돌봄 노트

여러분의 마음은 안녕한가요? 잠시 숨을 고르고 내 안의 소리를 들어볼까요. 할 때마다 금방 그만두게 되는 자기계발 방법이 있는지 떠올려 보세요. 아래에 적어보고, 멈추게 하는 원인이 무엇이었는지도 함께 생각해 봅시다. 저처럼 압박감, 조급함, 게으름, 완벽주의와의 비교일 수도 있어요.


**Q. 지금까지 시도한 자기계발을 적어보세요.**


**Q. 그만둔 것이 있나요? 그 이유는 무엇인가요?**

*Ground*

내가 꾸준할 곳을 찾아서

# 후회되는 일부터 걸러낸다

하지 않아 후회되는 것이야말로

진짜 중요한 것일 테니까

무언가를 꾸준히 하는 사람이 되기 위해서는 지속할 일부터 제대로 선택해야 한다. 그래야 계속하는 행위가 자연스레 이로운 결과로 나타나고 노력의 시간이 빛을 발한다.

나의 생활은 시도하고 그만두기를 반복하는 악순환에 갇혀 있었고, 몸은 아프다고 소리치고 있었다. 직장 생활을 6년 정도 했을 때 건강이 급속도로 나빠졌다. 병원비를 매달 몇십만 원씩 썼다. 허리가 늘 아프고 소화도 안 되었으며 피부에는 염증이 올라왔다. 몸무게는 과체중에서 벗어나질 못했다. 개운함을 느껴본 지 오래였다.

그러던 어느 날, 벼락이라도 맞은 것처럼 하루아침에 걷기가 어려워졌다. 고등학생 때부터 고질병처럼 아팠던 허리가 급속도로 악화된 것이다. 혼자서 몇 초도 서 있을 수 없는, 난생처음 겪는 상태였다. 왼쪽 다리와 허리가 불타는 느낌이 들어 대학 병원 응급실로 향했는데, 당일에 바로 입원하게 됐다. 당장 수술하거나 아니면 몇 개월간의 치료를 결정해야 하는 상황. 다음날 바로 휴직원을 내고 일상이 정지됐다. 부랴부랴 서울로 올라온 가족의 보살핌을 받으며 몇 개월을 꼼짝없이 누워 있어야 했다. 밥도 누워서 먹고, 화장실 한 번 가는 게 힘들어 덜덜 떨었다.

살면서 이렇게 아무것도 하지 않는 시기는 처음이었다. 밥 먹고, 숨 쉬는 것 외에는 할 수 있는 게 없었다. 이렇게 되기까지 얼마나 몸을 방치한 걸까. 아프려고 일한 건 아니었는데……. 돌이켜 보면 건강이 나빠질 만도 했다. 스트레스를 푸는 방법은 맛있는 음식을 먹는 게 전부. 건강을 챙긴다고 유난을 떠는 시기도 있었지만, 기껏해야 샐러드를 사 먹는 게 다였다. 긴장도가 높아 잠을 푹 자지도 못했다. 큰일 하나만 맡아도 잘해야 한다는 압박감을 소화하지 못해 조급했다. 이렇게 서서히 고장 나고 있던 몸이 버티고 버티다 한 번에 와르르 무너진 것이다. '아프면 다 소용없다'는 말이 절실히 와닿았다.

그런데 이상하게도 누워 있는 시간이 길어질수록 묘한 감정이 올라왔다. 태어나 처음 느끼는 해방감이었다. 무인도에서 홀로 누워 그간의 삶을 돌아보는 기분이랄까. 당연하게 해왔던 모든 행동들을 할 수 없게 되자, 도리어 내게 진짜 중요한 게 무엇인지 떠올랐다. 아무것도 하지 못한다는 사실은 가장 하고 싶은 것을 알 수 있는 기회를 준다. 몸이 회복됐을 때

당장 하고 싶은 것은 할 수 있었을 때 하지 않아 후회되는 것
이고, 그것이야말로 내게 진짜 중요한 것일 테니까.

## 일상을
## 무가치하게 여긴 것

누워 있으며 가장 후회됐던 건 내가 현재의 나에게 소홀
했다는 점이다. 늘 미래를 쫓았다. 자유롭고 재밌게 일하며, 원
하는 곳에서 원하는 방식대로 하루를 보내고, 멋진 풍경에 둘
러싸인 집에 사는 그런 미래. 꿈꾸는 모습이 실현된 생활이 '진
짜 삶'이라 착각했다. 지금은 그 '진짜'를 향한 준비 상태일 뿐
이라고 여겼다. 현재를 프로젝트의 일부로 여겼다. 어떤 행동
을 시작하기 위한 자원처럼 대한 것이다. 오직 몰입의 시간만
을 가치 있다고 생각했다. 밥을 먹고, 이동하고, 쉼을 갖는 일
상의 순간을 가볍게 취급했다.

그러나 누군가가 지금 "당신은 어떤 삶을 살고 있나요?"
라고 묻는다면 어떨까? 머릿속에 그려놓은 '언젠가 이루고 싶
은 삶'을 대답할 수는 없다. 나라고 소개할 수 있는 건 지금 여

기에 있는 내 모습이다. 그러니 이렇게 답할 수밖에 없었다. '나는 일에 치이고 스트레스에 잠식당한 사람, 집은 물론 머릿속도 정리가 안 되어 있는 사람, 자신을 닦달하고 미워하는 사람이다.'

건강이 회복되면 가장 하고 싶은 건 지나치게 평범한 일들이었다. 평생의 소원에 한 번도 끼지 못했을 정도로 사소한 일들 말이다. 예를 들면 나는 책상 앞에 앉아 글을 쓰며 생각을 정리하는 사람인데, 서 있을 수조차 없으니 의자에 앉는 것 자체가 소원이 됐다. 살면서 한 번도 의자에 앉는 걸 감사해한 적이 없었는데, 역시 빼앗겨 봐야 소중함을 안다. 앉아서 밥 먹기, 책상에서 글 쓰기, 화장실 혼자 가기, 내 힘으로 거리를 걸어 다니기. 숨 쉬듯 당연하게 여긴 일상의 행동들이 소원이 되었다는 사실을 평생 잊지 않기로 했다.

●

## 일과 성취에
## 나를 몽땅 내어준 것

내가 또 하나 후회한 것은 일과 성취에만 몰입했던 것이다. 120퍼센트까지 힘을 짜내 스스로를 몰아붙여야 직성이 풀렸다. 그렇게 해야만 좋은 결과를 얻을 수 있다고 생각했다. 조금이라도 남는 시간에는 '자기계발'이라 불리는 많은 일을 시도했다. 눈앞의 어른거리는 성취를 이루느라 멀리 보지 못하고 코앞에 있는 일을 해내는 데 정신을 쏟았다.

이런 나를 후회한다고 해서 일의 중요성을 낮춰 말하고 싶지 않다. 대충 살아도 된다고 말하고 싶은 것도 아니다. 시간, 체력, 에너지와 같은 삶의 자원을 나를 중심에 두고 분배하지 못한 것에 대한 후회다. 삶의 중심에 정작 나 자신이 없었다. 내가 가진 모든 자원을 일과 성취를 위해 내주었고, 그렇게 살지 않는 방법을 몰라 건강이 악화됐다. 건강한 거리감을 유지하는 방법을 익히지 못한 것이다.

게다가 나의 성공과 성장의 정도는 온전히 타인의 평가에 달려 있었다. 최선을 다해 살아도 누가 나에게 잘한다고 말해줘야만 내 노력을 스스로 인정할 수 있었다. 반대로 실수했을 때는 누군가로부터 "괜찮아, 잘하고 있어"라는 말을 들어야 진정됐다. 얼마나 위태롭고 불안한 전제인가.

출근하기 전에 일기를 쓰곤 했는데, 사회초년생이었던 당시의 일기장을 보면 오늘 할 일이 두렵다는 이야기가 빼곡하게 적혀 있다. 걱정을 조절하는 데 능숙하지 않아 생긴 두려움이었다. 이렇게 일하는 와중에 가만히 있으면 나태하다고 생각해 공부도 하고, 운동도 꾸역꾸역 했다. 그뿐인가. 내가 나에게 확신을 주지 못해 미래의 일까지 앞당겨 고민하며 괴로워했다. 악순환에 빠진 것을 알았지만, 그렇다고 직장에서 당장 벗어날 용기도 없었다. 매달 꽂히는 월급이 안락했다. 회사가 준 명함이 나를 안심시켰다. 사회 안에 내가 포함되어 있다는 안도감이 좋았다. 부모님과 친척들에게 괜찮은 직장에서 일하고 있다고 말할 수 있다는 당당함, 서울 도심 빌딩 어딘가에 내 자리 하나 정도는 있다는 안심이었다.

휴직하며 그간의 직장 생활 기간을 돌아봤다. 포트폴리오에 쓸 몇 줄은 챙겼을지언정, 죽기 직전에 이렇게 살아서 행복했다고 대답할 순 없었다. 그리고 확신했다. 이대로 살다가는 죽기 전에 억울할 게 분명하다고. 이제 더 이상 후회를 반복하고 싶지 않다. 일상부터 제대로 챙길 것, 나를 중심에 두고 일할 것. 쳇바퀴에서 내려오기 위해 품은 첫 번째 결심이었다.

# 마음 돌봄 노트

Ground ● 내가 꾸준할 곳을 찾아서

잘못 살고 있다는 걸 알면서도 그대로 사는 것만큼 마음 괴로운 일은 없더라고요. 하지만 후회는 때로 힌트가 됩니다. 더는 반복하고 싶지 않은 모습을 알아차리는 순간, 인생의 방향은 달라지기 시작해요.

**Q. 만약 1년 뒤에 내가 여전히 하고 있다면 후회할 것 같은 행동이나 습관이 있나요?**

# 평생토록 하고 싶은 고민을 찾는다

하루에 가장 많은 시간을

차지하는 게 일이라면

사회생활을 하며 확실히 알게 된 두 가지 사실.

첫 번째, 생활의 중심이 일이 될 수밖에 없다. 업무 시간을 일주일의 가운데에 고정시키고, 남는 시간을 여러 일과에 분배하는 식으로 생활이 재편된다. 직장을 다닌다면 평균적으로 하루 여덟 시간, 준비와 이동 시간까지 합쳐 하루 대부분을 일에 쓰는 거나 마찬가지다.

삶의 구성단위는 시간이다. 시간을 쓴다는 건 나의 생명력을 쓴다는 말과 같다. 직업을 가지면 시간, 즉 생명의 사용처가 대부분 일이 된다는 거다. 그러니 일에서 보람을 느끼지 못하면 내 삶에 보람을 느끼지 못하고 있단 말과 같다. 결코 가볍게 여길 수 없는 사실이다. 내 생명을 쓴다는데 일을 그저 돈벌이 수단으로만 바라볼 수 없다.

두 번째, 업무 중 하는 생각의 형태는 대부분 '고민'이다. 일의 형태가 어떻든 일하는 행위는 고민의 연속이다. '어떻게 해결하지?' '어떻게 하면 더 많이 판매하지?' '더 효율적인 방법은 없을까?' 물음표가 꼬리에 꼬리를 문다. 일의 속성 자체가 세상에 존재하는 어떤 '문제'를 해결하는 것이니 당연한 거겠다. 그렇다면 어떤 직업을 선택한다는 건, 다른 사람보다 더 많이 할 고민을 택하는 일이라고 봐도 되겠다.

　나는 에디터로 일하며 다른 사람보다 콘텐츠에 대한 고민을 많이 했다. 어떤 기획이 필요할지, 기사에서 반드시 전해야 할 메시지는 뭔지, 어떻게 구성해야 더 잘 읽히는 글이 될지 생각했다. 에디터로서 해야 하는 일의 고민이 흥미로웠다. 뜻대로 되지 않는 직장 생활이라도 내가 하는 고민이 가치 있다고 느껴지면 일이 무척 재미있었다. 그러나 모든 게 다 만족스러울 순 없는 일. 직장에서 무력감을 느낄 때는 일하며 하는 고민이 인생에 큰 의미가 없다고 생각될 때였다. 고민에 업무 자체의 문제가 아니라 인간관계가 얽히기라도 하면 무력감은 더욱 심해졌다. 그저 월급을 받기 위해 자리를 지키고 앉아 있는 것 같았다.

## 일을 신나게 하고 싶다

어느 날 한 동료가 말했다. "일은 원래 신나는 거예요!" 두 사람만 모여도 '집에 가고 싶다'와 '퇴사하고 싶다'라는 말이 쉽게 오가는 회사에서 이런 말을 들으니 머리를 한 대 맞기라도 한 듯 작은 충격을 받았다. 그렇지, 그래. 일은 신나는 거다. 한 가지에 몰입하고 결과물을 스스로 만들며 직접 선택한 일에서 성취감을 느끼는 이 사이클은 사람에게 커다란 쾌감을 안겨준다.

회사에서 기사를 기획하고 취재하고 글을 발행하며 에디터라고 불렸다. 에디터라는 말은 편집(edit)이라는 행위에서 온다. 글을 쓰고 편집하는 행위를 하면 에디터로 살 수는 있다. 그러나 직업에 필요한 행위를 했다는 것 자체만으로 일을 통해 보람 있게 살고 있다고 여길 순 없었다. 답을 구하고 싶었다. 나의 시간과 생명력을 쓸 만큼 의미 있는 일일까? 이 일이 세상에 어떤 가치를 주는가? 신명 나게 일할 만큼 두근거리는 일인가? 한번 따져보고 싶었다. 하루에 가장 많은 시간을 차지하는 게 일이라면 앞으로는 더 신나게 일하고 싶었다.

## 내 안의 오래된 고민을
## 들여다본다

하루종일 해도 재밌는 나만의 고민은 뭘까? 나는 세상 속에서 어떤 문제를 해결하고 싶은가? 누군가는 이상을 좇는 있다고 여길지라도 답을 내야만 무력감 없이 일할 수 있을 것 같았다.

고백하자면 나의 가장 오래된 고민은 나 자신을 향한 사랑의 부재였다. 스스로에게 주지 못했던 사랑을 나는 타인의 인정으로 채우고 싶어 했다. 완벽해야만 사랑받을 수 있단 생각에 나를 다그치며 자기계발을 시도했고, 제풀에 지쳐 금방 포기하고 말았다. 이런 이유로 꾸준함과는 거리가 먼 사람이 됐다. 나의 단점에만 몰두하니 조금만 스트레스를 받아도 정리되지 않은 내면이 아픈 몸으로 드러나기도 했다. 우리는 자신을 사랑하라는 말을 참 많이 듣고 자란다. 머리론 당연히 알고 있다. 그러나 알면서도 잘되지 않는 것은 구체적인 방법을 모르기 때문이다. 검색창에 '나를 사랑하는 방법'을 쳐보기도 했지만 이렇다 할 답을 얻지 못했다. 이건 문제가 아닌가. 아무도 이걸 알려주지 않다니.

방법을 모르는 채 여러 가지 행동에 직접 부딪쳐 봤다. 그 과정에서 느낀 점을 블로그에 꾸준히 기록해 갔다. 내가 느꼈던 막연함을 누군가도 겪고 있을 거라 생각해서였다. 나를 사랑해야 몸과 마음을 스스로 지킬 수 있다는 걸 넘어지며 배웠기에, 같은 어려움을 겪고 있는 사람들에게 내가 할 수 있는 한 멀리까지 손을 뻗고 싶었다. 블로그에 있는 그간의 기록을 보니 내가 계속하고 있는, 그리고 평생 고민하고 싶은 문제가 보였다.

'어떻게 하면 자신을 사랑할 수 있을까?'라는 질문에 구체적인 답을 사람들과 나누는 것. 스스로 정한 나의 평생의 고민이다.

### 나만의 일을
### 한 문장으로 만들어본다

발견한 고민을 바탕으로 나의 일을 정의하는 문장을 만들었다. 어떤 커리어를 쌓을지, 어떤 회사로 이직할지 고민하기 전에 한 개인으로서 하고 싶은 고민의 내용과 일의 의미를 정리하는 것이다. 나의 평생 고민에서는 다음과 같은 문장이 나왔다. '자기 사랑의 형태를 구체화하고, 일상의 힘을 말하는 사람.'

자신의 일을 하나의 문장으로 정의하면 더 이상 누군가가 시키는 일만 반복하며 살지 않겠다는 적극적인 태도와 자신감이 생긴다. 일의 본질은 자신이 직접 찾아내고 언어로 정의해야 한다. 내면에서 솟아오르는 목소리, '소명(calling)'과도 같다.

회사 이름을 떼고 나를 설명할 수 있는 문장이 생기니 하고 싶은 일에 대한 확신이 들었다. 회사를 다니며 사이드 프로젝트를 시작할 용기도 생겼다. 어떤 프로젝트를 구상하든 힘들지 않고 기대가 됐다. 직업이 꼭 '에디터'가 아니어도 됐다. 기획자 혹은 작가가 되어도 할 수 있는 고민이며, 블로거나 유튜버가 되어도 할 수 있는 일이다. 직업이란 프레임을 벗어나 무궁무진하게 뻗어나갈 수 있다는 뜻이다.

전하고 싶은 메시지를 전할 수만 있다면 뭐든 도전했다. 확신과 재미가 있으니 힘이 들지 않고 신이 났다. 결과물도 꾸준히 쌓였다. 짧은 영상을 만들었다. 매일 글을 올렸다. 뉴스레터를 제작했다. 모임을 기획했다. 다양한 형태로 콘텐츠와 프로젝트를 만들었지만, 그 뿌리는 언제나 같았다. 자신을 사랑하는 법을 알려주는 것.

　새로운 도전을 하면 할수록 이 이야기에 공감하는 사람들이 늘어났다. 지금은 매일 수만 명이 블로그와 인스타그램에서 내가 전하는 이야기를 받아본다. 사람들이 찾아온다는 건 자신을 돌보고 사랑하는 법을 알려주는 사람이 필요했다는 증거가 아닐까. 사회에서 이 역할을 하는 사람이 '직업'으로 분류되어 있지는 않지만 말이다.

　어떤 고민을 하며 살아가고 싶은지 찾지 않았더라면, 여전히 주어진 일만 반복하며 좁은 시야를 갖고 살았을 것이다. 이젠 내가 하는 고민들이 의미 있다고 느껴진다. 사회에 꼭 필요한 역할을 하고 있다는 생각에 안심이 된다. 내 생명력이 잘 쓰이고 있다는 확신이 든다. 평생토록 하고 싶은 고민이 무엇인지 떠올려 보자. 내가 하는 일의 본질을 세우는 과정으로, 내가 무엇을 꾸준히 해야 할지 알 수 있다.

내 안에 유독 오래 남아 있거나, 떠나보내지 못하고 있는 문제가 있는지 떠올려 볼까요. 살아오며 겪은 결핍일 수도 있고, 쉽게 잊히지 않는 고통이나 해결되지 않은 갈증일 수도 있어요.

**Q. 하루 종일 고민하게 되는, 인생을 살며 꼭 해결하고 싶은 문제는 무엇인가요?**

# 인정받지 않아도 즐거운 일을 찾는다

순수하게 좋아하는 일을
증명의 수단으로 삼지 않을 것

타인에게 인정받지 않아도 오랫동안 하고 있는 일이 있다면 소중히 대해야 한다. 아무런 보상이 없어도 꾸준히 하고 있다는 것은 그 일을 진심으로 사랑한다는 뜻이니까.

내겐 글쓰기가 그렇다. 쓰고 싶다는 순수한 마음 하나로 매일 책상에 앉는다. 서랍 가득 쌓인 일기장, 수북한 메모들, 몇천 개의 블로그 기록. 누구도 시키지 않았지만 오랜 시간 기록을 이어왔다. 마음이 방황할 때마다 글을 썼다. 일기장을 펼쳐놓고 책상에 앉으면 이상하게 마음이 편안했다. 백지는 상담 선생님 같았다. 어떤 이야기든 다 들어줬으니까. 마음에 상처를 입은 날에도, 내가 한심해서 미쳐버릴 것 같은 날에도, 용기가 고갈돼 어깨가 잔뜩 쪼그라든 날에도 글을 쓰고 있으면 치유되었다. 글을 쓰기만 하면 평생 이런 안락함을 느낄 수 있는 게 아닌가? 그러니 계속 쓸 수밖에 없었다.

"나는 매일 아침과 밤만 기다린다. 낮에는 할 일이 많아 하염없이 글만 쓰고 있기엔 찜찜한데, 아침과 밤은 글을 쓰자고 정해놓은 시간이니까. 글은 스스로 발견한 행복이자 내가 만든 인생의 키워드이며, 친구보다 나를 더 잘 위로해 준다. 잘 쓰고 싶은 마음은 전혀 없다. 글쓰기에 관해서라면 타인에게 이해받고 싶지도, 거창하게 설명하고 싶지도 않다."

2018년 어느 날에 블로그에 남긴 글이다. 신기하게도 이 때와 지금의 마음이 똑같다. 글에 관해서라면 타인에게 이해받고 싶은 욕구도, 거창하게 설명하고 싶은 마음도 없다. 이 마음이 꾸준히 글을 쓰게 했다. 글 쓰는 나를 누가 알아주지 않아도 정말 괜찮다. 그저 쓸 수 있다는 자체로 충분하다.


## 행복의 상태로 진입하는 일

타인에게 인정받고 싶은 마음은 자연스럽다. 오래 하다 보면 누군가 열심히 해온 나를 알아주지 않을까 기대하게 된다. 그럼에도 어떤 일을 하면서 인정받고 싶은 욕구가 생기지 않는다면, 행위를 하고 있는 나의 '상태'가 이 일을 해서 얻는 '결과'보다 더 중요하다고도 볼 수 있겠다.

나는 내가 편안해지기 위해 글을 쓴다. 이런 기분을 느끼는 행위에 더 많은 시간을 쏟아부어야 한다고 생각한다. 하고 있는 자체로 좋을 수 있다니, 이 얼마나 귀한 발견인가.

사회생활을 하다 보면 자신의 능력을 증명하느라 허덕일 때가 많다. 그러니 순수하게 좋아하는 행동마저 자기 증명의 수단으로 삼지 말자. 나는 글을 쓰고 있으면 어떤 결핍도 느끼지 않는다. 딱 맞춰지는 퍼즐 조각들처럼 나와 행위가 잘 맞물려 있는 느낌이다. 글을 쓰는 순간 만들어지는 환경도 좋아한다. 공책을 가르는 볼펜의 사각거림, 노트북 키보드가 내는 토독토독 소리가 좋다. 그러니 글쓰기를 더 자주, 더 많이 하고 싶다. 더 많이 행복할 수 있다는 이야기니까. 계속 쓰다 보니 이왕이면 조금은 더 잘하고 싶기도 하다. 좋아하는 것을 잘하게 되면 할 때마다 더 재밌을 것이다.

## 즐기는 자는 발견된다

블로그를 시작한 지 10년이 넘었다. 오늘도 어김없이 짧은 글을 한 편을 발행했다. 일기에 쓴 기록이 나와 대화하는 희열을 알려줬다면 블로그는 흘러가는 인생을 붙잡아 음미하는 즐거움을, 눈에 보이는 결과물을 꾸준히 쌓아가는 성취감을 알려줬다.

중학생 시절, SNS에 기록을 차곡차곡 쌓아가는 사람들을 동경의 눈으로 바라봤다. 기록이 오랜 시간 쌓여 만들어낸 한 사람의 무늬가 근사했다. 오랜 시간 글을 쓰는 마음 근력도 존경스러웠다. 아주 짧은 글이라도 꾸준히 쓴다는 자체가 쉬운 일이 아니다. 그들이 구축한 탄탄하고 견고한 세계를 나도 갖고 싶었다.

나도 처음에는 동경의 마음으로 블로그를 시작했다. 쓰다 말다를 반복하는 내 모습에 실망한 날이 더 많았지만, 몇 년이 흐르고 글이 쌓일수록 블로그 운영이 재밌었다. 내가 어떤 사람인지, 나의 취향이 무엇인지 글에서 보였기 때문이다. 그렇게 나의 이십 대 시절이 블로그에 고스란히 담겼다.

글 쓰는 사람으로서 바람이 있다면 '나의 글'을 쓰는 사람으로 존재하는 것이었다. 작가가 되겠다는 욕심이 아니라 어떤 갈증이었다. 월급을 받기 위한 글이 아닌, 내 안에서 우러나오는 글을 쓰고 싶다는 바람. 내 생각이 누군가의 삶에 내려앉아 파동을 일으킬 때면 글쓰기가 더욱 즐거워졌다.

나를 알고 싶은 사람은 이제 블로그에 찾아온다. 순수하게 즐기며 쓴 글들은 이제 시간이 흘러 나의 성격, 습관, 가치

관을 설명한다. 그렇게 블로그는 나의 홈페이지이자 인생이 담긴 포트폴리오가 되었다. 그리고 어릴 적 내가 동경하던 사람들의 블로그를 닮아 있다.

기록을 사랑하는 마음 없이 블로그가 커지기만을 바랐다면 진작에 그만뒀을 것이다. 타인이 좋아할 만한 글을 쓰느라 나다운 기록이 뭔지도 몰랐을 테지. 기록하는 걸 즐겼기 때문에 날것 그대로도 사랑받을 수 있었다.

즐기는 사람은 멈추지 않고, 언젠가는 발견되며, 인정은 자연히 따라온다. 생각해 보자. 인정받지 않아도 하고 있는 자체로 즐거운 일은 무엇인가? 그것이야말로 내가 멈추지 않아야 할 일이겠다.

# 마음 돌봄 노트

인정받지 않아도 괜찮다는 건, 결과보다 그 행위를 하는 '상태' 자체가 이미 충분히 좋다는 뜻이겠지요. 살면서 그런 일을 발견했다면, 그 행위를 흘려보내지 말고 한번쯤 오래, 정성껏 붙들어 보아도 좋겠습니다.

**Q. 인정이나 결과와 상관없이 내가 계속하고 있는 일은 무엇인가요?**




**Q. 내가 계속해 보고 싶은 일은 무엇인가요?**

# 질투라는 껍질 속 알맹이를 골라낸다

이 마음을 어떻게

소화하고 이용할까?

나도 모르게 타인과 비교하며 질투나 열등감을 느낀다면, 이 감정은 내가 그들의 상태를 몹시 원하고 있다는 증거다. 우리는 인생의 모든 면에서 타인과 자신을 비교하며 살지 않는다. 나만 해도 그렇다. 영상을 기가 막히게 만드는 사람을 보면 그저 감탄하고 만다. 영상 제작자가 될 생각이 없으니 내 능력과 그 사람의 전문성을 비교하며 에너지를 낭비하지 않는다. 하지만 자신의 내면을 가감 없이 표현한 문장을 만나면 마음이 울렁인다. 나도 모르게 열등감을 느낀다. 나 또한 그런 문장을 쓰고 싶기 때문이다.

아들러 심리학에서는 열등감을 인간이 가진 보편적이고 자연스러운 감정이라 말하며, 현재보다 더 나은 상태를 추구하게 만드는 원동력이자 방향이라고 해석한다. 만약 누군가의 멋진 점에 질투와 열등감을 느끼면, 그 감정을 내가 가야 할 방향을 알려주는 신호로 여기면 된다. 질투하고 있다는 사실을 알아차리는 것만으로도 어디에 힘을 쏟아 나를 계발해야 할지 분명해진다. 시원한 감정 소화법이다. 이렇게 생각을 정리하고 나면 질투와 열등감은 나를 찌르는 칼이 아니라, 앞으로 나아가게 하는 연료가 된다.


## 마음이 요동치고
## 질투가 가리키는 곳으로


대학 휴학 후 3학년으로 복학했을 때였다. 거창한 계획과 달리 이룬 것 없이 흘러간 시간에 마음 한구석이 어두웠다. 학교로 돌아오니 어느새 취준생이 되어 있었고, 학과 행사에 참여하기엔 머쓱한 나이가 됐다. 가끔 모여 나누는 대화는 연구실 생활과 전공 이야기가 전부였다. 당시 나는 어떤 것에도 몰입하지 못하고 방황하고 있었다. 앞길 하나 정하지 못한 상황이었지만, 이상하게도 주변 친구들이 어떻게 사는지는 눈에 들어오지 않았다. 성적이 좋은 동기나 대기업 인턴이 되었다는 선배들의 소식에도 그저 축하할 뿐, 별 감흥이 없었다.

마음이 요동치는 순간은 따로 있었다. 인터넷에서 우연히라도 또래가 자신만의 브랜드를 만들거나 쇼핑몰을 열어 사랑받는 모습을 접하면 부러웠다. 그들의 공통점은 일을 주도적으로 만들고, 자기 이름을 걸고 결과물을 내놓는다는 것이었다. 나도 그저 '사원 1'로 남기보다는 내 이름을 드러낼 수 있는 일을 하고 싶었다. 홀로 출발선에 남아 있는 기분이 들어도 직업만큼은 제대로 고르고 싶었다.

직업을 통해 얻지 못하면 후회할 것들을 정리해 봤는데, 내가 부러워했던 사람들의 모습과 정확히 같았다. '나라는 사람이 흐려지지 않을 것, 일의 성격이 주도적일 것, 그리고 내 이름을 걸고 일할 것.' 취업 과정이 순탄하지는 않았지만 질투라는 감정에서 발견한 알맹이를 놓지 않으며 기꺼이 헤맸다. 그렇게 여러 번의 시행착오를 거친 끝에 에디터가 되었다. 내 이름 석 자를 글 옆에 꼬박꼬박 적어야만 하는 일이었다. 첫 매거진이 세상에 나온 날, 서점 잡지 코너에서 내 이름을 확인하던 순간의 기쁨을 잊을 수 없다.

질투는 알아차림의 수단이다. 마음에 머물고 있었으나 미처 내가 깨닫지 못한 욕망이 타인의 모습으로 나타날 때, 질투는 사이렌처럼 울린다. 게다가 성질이 거칠어 한번 자리를 잡으면 사람을 지치게 한다. 그러니 신호로만 받아들이고 얼른 배출해야 한다. 질투심이 나를 휘두르려 할 때마다 나는 '아, 내가 이걸 갖고 싶구나!' 하고 알맹이만 쏙 골라낸다.

## 부정적인 감정을
## 잘 소화하고 싶어

질투라는 감정을 소화하지 못하면 열등감에 사로잡혀 자신을 괴롭히는 데 시간을 쓰게 된다. 반대로 질투를 하나의 신호로 보면 훨씬 수월하게 감정을 흘려보낼 수 있다. 부러운 마음이 가리키는 방향을 목표로 삼고 행동을 시작하면 그때부턴 남이 보이지 않는다. 오직 행하는 나만 남는다. 타인을 보느라 초점이 흩어진 시야는 나에게로 조절된다. 열등감이 크다는 것은 열망이 강하다는 뜻이고, 열망이 크면 동력도 크다. 행동으로 변환된 질투는 제 역할을 다하고 내면에서 소진된다.

인간의 몸에는 매일 수많은 감정이 찾아왔다 사라진다. 부정적인 감정을 흘려보내지 못하면 독이 된다. 마음이 단단한 사람에게도 질투와 열등감은 초대하지 않은 손님처럼 불쑥 찾아온다. 그럴 때마다 멈춰 서서 괴로워하기보다는 휘둘리지 않고 지혜롭게 소화해 보자.

질투를 신호로 삼고, 열등감을 동력으로 변환한다. 감정을 억누르는 게 아니라 내 안에서 잘근잘근 씹어 영양분만 흡수하고 껍데기는 배출하는 느낌이다. 이젠 질투도 열등감도 찾아오는 게 두렵지 않다. 그 안에서 내가 해야 할 일을 찾아내는 즐거움을 이미 맛봤기 때문이다.

이제 저는 질투가 생기는 게 흥미로워요. '오호라, 이게 질투 난 단 말이지?' 팔짱을 끼고 제 마음을 관찰합니다. 그 감정 속에는 제가 미처 인정하지 못했던 욕구가 숨어 있거든요. 지금, 나는 누 구를 볼 때 질투가 나나요? 그 사람의 어떤 모습이 나를 자극하 나요? 그 속에 숨은 나의 욕구는 무엇일까요?

ex.

**질투 나는 사람** : 매일 운동하고 건강한 음식을 챙겨 먹는 SNS 속 인물

→ **나의 욕구** : 무너진 생활 패턴을 바로잡고 나를 돌보고 싶다.

**질투 나는 사람** :

→ **나의 욕구** :

# 나의 자아상은 나를 돕고 있는가

내가 내 편이 된다는 건 뭘까?

　타인이 말하는 성공을 맹목적으로 좇지 않기로 한다. 나의 꾸준함을 기를 곳을 스스로 찾아내고 만든다. 이제는 다르게 살고 싶어 되새긴 다짐이다.

　이렇게 오직 자신만을 바라보며 앞으로 나아가는 과정에서도 걸림돌을 만날 수 있다. 그 정체는 바로 자기 자신이다. 죽을 때까지 결코 이별할 수 없는 단 한 사람이 나다. 매 순간 우리는 자신과 대화하며 살아간다. 그러니 산다는 건 여러 모습의 '나'들이 함께 팀플레이를 하는 것일지도 모른다. 스스로에게 적군이 아닌 아군이 되어줘야 한다. 내가 내 편이 된다는 건 뭘까? 좋은 동료를 만났을 때의 느낌을 떠올려 본다. 믿음직하다. 함께하면 어떤 일이든 잘 해낼 것 같다. 이제 그 동료에 나를 대입한다. 내가 내 편이 된다는 건 스스로에게 호감과 믿음을 갖는 것이다. 뭔가를 시작할 때 할 수 있다는 믿음을 보여주는 일이다.

## 시간이 흘러도
## 불행의 강도가 그대로라면

나는 나를 믿고 있을까? 나와 가장 가까이 있는 내가 내 편이 아니라면 모든 순간이 투쟁이 된다. 이쯤에서 '자아상'이란 단어를 꺼내보고 싶다. 자아상의 사전적 의미는 '자신의 역할이나 존재에 대하여 가지는 생각'이다. 나의 자아상은 오랜 시간 나의 변화와 성장을 가로막았다. 아무리 타인에게 칭찬받아도 정작 내가 나를 괜찮은 사람으로 여기지 못했다. 부정적인 자아상을 갖고 있다는 사실조차도 인지하지 못했다. 치열하게 하루를 보내도 변화가 더뎠던, 매일 어딘가 공허하게 느껴졌던 결정적인 이유다.

자아상에 대해 들여다보기 시작한 계기는 나를 둘러싼 환경이 좋게 바뀌어도 불행의 강도가 비슷하게 느껴져서였다. 일을 시작하고 몇 년이 흐르니 생활이 어느 정도 안정됐다. 학생 때 원했던 많은 바람은 현실이 됐다. 돈을 벌어 사고 싶은 걸 사기도 했고, 마음에 드는 집으로 이사도 했던 안정적이고 안락한 생활이었다. 그런데 여전히 삶이 불행하다고 느꼈다. 게다가 그 강도도 과거와 크게 다르지 않았다. 도대체 무엇을 손에 쥐어야 행복을 느낄 수 있는 걸까? 물리적 환경이나 조건은 월등히 좋아졌는데 삶에 대한 만족도에 변화가 없었다. 그때 깨달았다. 밖이 아니라, 안이 문제라는 것을.


## 기본값이 잘못되었습니다


'환경이 좋아지는데도 나는 왜 사는 게 힘들까?'

질문을 파고들자 부정적인 자아상이 보였다. 나는 '내 삶엔 어딘가 문제가 있고' 늘 '해결해야 한다'고 여기고 있었다. 근거는 없었다. 최면 같은 거다. 무섭게도 이 근거 없는 자아상이 나의 삶을 꽉 쥐고 흔들고 있었다. 안심되거나 행복하다고 느끼는 순간이 찾아와도 '이건 내가 아니야, 나는 행복을 온전히 누릴 수 없어'라고 생각하면서.

살면서 자아상을 뜯어보거나 고쳐야겠다고 생각하는 순간은 드물다. 그저 눈앞에 있는 과업을 처리하느라 너무나 바쁘다. 나는 사는 게 괴로울 때마다 책을 읽었는데 유난히도 '자신을 먼저 사랑해야 한다'는 문장들을 자주 만났다. 덕분에 나는 왜 나를 괴롭히며 사는지를 고민할 수 있었다. 오랜 시간이 지나서야 나 자신을 바라보는 시선이 잘못됐음을 깨달았다. 결론에 도달한 이상 가만히 있을 순 없었다. 아무리 좋은 것을 누려도 불안 상태로 회귀하려는 내가, 잘못 없이 혼나는 아이처럼 안쓰러웠다. 부정적인 마음이 나를 가로막을 때면 '이건 잘못된 자아상 때문이야'라고 생각하며 한 발짝 물러섰다. 그리고 나를 예쁘게 보려는 연습을 했다. 이 과정은 수련에 가까웠다.

## 내가 그린 나를
## 기어코 증명하며 산다

한 사람이 있다고 하자. 그는 자신을 못난 사람이라 여긴다. 이 자아상을 필터로 자신을 바라보고 타인과 어울린다. 실제로 사람들과 잘 지내고 있지만 자신에겐 문제가 있다고 생각한다. 자신감은 당연히 없다. 누군가 먼저 마음을 열어 다가와도 '진짜 나'라고 여기고 있는 모습을 보여주기 싫어 마음에 벽을 세운다.

자아상은 24시간 나에게만 들려오는 귓속말과 같아서,

그 말이 긍정이든 부정이든 계속 듣고 있어야 한다. 못났다는 말이 진실이 아님에도 계속 들려 세뇌된다. 그리고 우리는 이 믿음에 기반해 행동한다. 결국 자기가 그려낸 허상을 눈앞의 현실로 만든다. 그러고는 생각한다. '거봐, 난 역시 안 돼.' 자신의 손으로 그렇게 만들어버렸다는 것도 모른 채.

부정적인 자아상은 에너지를 두 배로 쓴다. 앞으로 나아가려 할 때 나를 믿지 못하는 내가 뒤에서 브레이크를 걸고 끌어당긴다. 에너지는 두 배로 썼지만 결국 제자리다. 이거야말로 시간 낭비다. 부정적인 자아상은 없애야 할 독과 같다. 힘들지 않게, 건강하게 앞으로 나아가기 위해서는 긍정적인 자아상을 의식적으로라도 만들어야 한다. 그러지 않으면 부정적인 자아상에 휘둘려 자꾸 멈추고 만다.

자아상은 스스로 바꿀 수 있다. 자아상이란 '내가 나를 바라보는 모습'이니까 내가 존재한다는 당연한 전제만 있으면 충분히 바꿀 수 있다. 지금껏 누가, 혹은 어떤 환경이 자아상에 영향을 줬든 간에 날것 그대로의 나를 직면하면 된다. 그럼 일단 시야가 트인다. 넓어진 시야에서 한 발짝 물러나서 보면 내가 지금 얼마나 부정적인 사람인지, 어떻게 바뀌어야 할지 보인다.

그렇다면 시야는 어떻게 넓힐 수 있을까? 자아상은 스스로 바꿔야 하기에 더 현실적이고 구체적인 방법이 필요하다. 내가 자아상을 바꿀 때 썼던 방법은 다음과 같다.

## 하나. 인정 노트를 쓴다

가장 먼저 '인정 노트'를 썼다. 이 노트에는 강력한 규칙이 하나 있다. 모든 문장을 "나는 인정한다"로 시작하는 것이다. 내가 쓰고 있는 모든 가면을 벗어던지게 하는 마법의 주문이다. 인정 노트에 불안, 수치심, 욕구를 솔직히 쓰며 모두 쏟아냈다. 그러자 비로소 내가 바라보고 있는 내 모습을 직면할 수 있었다. 새로운 자아상을 만들기 전, 나를 온전히 이해하고 받아들이는 단계다.

예를 들면 다음과 같다. "나는 인정한다. 나는 내가 사랑스럽지 않다. 그래서 완벽한 결과물을 만들어서라도 칭찬받고 싶고 사랑받는 기분을 느끼고 싶었다. 결과물이 없어도 사랑받을 수 있다는 걸 머리로는 알지만 아직 그 사실이 받아들여지지 않는다. 나는 매 순간 나를 괴롭히는 방식을 스스로 선택하고 있다. 잘 고쳐지지 않아 힘들다."

‘인정한다’는 문장으로 기록을 시작하면 쌓여 있던 괴로움과 감정이 고백처럼 흘러나온다. 노트를 채운 내용이 온통 부정적인 문장뿐이라는 걸 발견할 수도 있다. 이 문장들을 손으로 쓰고 눈으로 읽는 과정에서 ‘내 자아상이 나를 힘들게 하고 있구나’를 깨닫는 순간, 사고의 전환이 시작된다. 자신에 대한 연민의 마음이 생기기도 한다.

나를 향한 엄격한 잣대와 부정적 시선을 발견하고 ‘아이고, 네가 그랬구나’ 알아주다 보면, 내가 그토록 원하던 건 그저 ‘잘 살고 싶다’거나 ‘사랑받고 싶다’는 본능적 욕구였다는 걸 알게 된다. 이렇게 인정하는 시간이 없으면 부정적인 내 모습을 회피한 채 그저 ‘열심히’만 하다 자신을 다그치게 되는 굴레에 갇힌다.

인정 노트의 궁극적인 목적은 나를 괴롭히는 자아상의 실체를 깨닫고, 이를 제거하겠다고 다짐하는 기회를 스스로 만드는 데에 있다. 현재의 내 모습과 욕구를 온전히 수용하며 낡은 자아상을 걷어낼 때, 그 빈자리에 비로소 새로운 자아상을 세울 수 있다. 근원적인 욕구는 남겨두고, 자신을 나쁘게 바라보는 시선과 괴롭게 생각하는 버릇만 제거하면 된다. 물론 하루아침에 되지는 않는다. 하지만 매일 조금씩 비워내다 보면 결국 맑아진다.

## 둘. 원하는 모습을 매일 쓴다

인정 노트를 통해 나를 직면하고 낡은 자아상을 제거할 용기를 냈다면, 이제 그 자리에 새로운 자아상을 세울 차례다. 방법은 간단하다. 내가 원하는 나의 모습을 매일 쓰는 것이다. 나는 일과를 시작하기 전, 다이어리에 내가 바라는 모습부터 적었다.

원하는 모습을 적는 행위는 생각의 초점을 정교하게 조정하는 작업이다. 글쓰기는 내면의 생각을 밖으로 꺼내는 일이다. 매일 원하는 모습을 상기하며 글로 뱉고 그것을 다시 읽다 보면, 어느새 그 모습은 내 안에 생생한 이미지로 그려진다. '빨간색을 찾아보세요'라는 말을 들으면 비로소 주변에 있는 빨간색이 눈에 들어오는 것처럼, 무엇에 초점을 맞추느냐가 내가 인식하는 하루의 풍경을 좌우한다.

'나는 강인하고 평온하며 지혜롭다' '나는 글로 위로를 전하고 사랑받는 수필가다'와 같은 문장들을 매일 적곤 한다. 아침마다 이 문장들을 쓰고, 이런 사람이 되기 위해 오늘을 어떻게 살아야 할지 고민하며 하루를 시작한다. 이 과정을 반복하면 하루를 채우는 생각과 나를 바라보는 시선이 조금씩 바뀐다.

### 셋. 흉내를 내다 보면 진짜 그렇게 된다

자아상을 바꾸는 마지막 방법은 최선을 다해 흉내를 내는 것이다. 새로운 자아상을 몸에 익히는 체화의 단계이자, 내가 쓴 문장을 스스로 믿을 수 있도록 근거를 만드는 작업이다. 글로 써본 새로운 내가 현실에 존재한다면 지금 이 순간을 어떻게 살아갈지 상상하고 따라 했다. 그 사람의 기분을 흉내 내며 직접 느껴보는 것이 무엇보다 중요하다.

내가 가장 되고 싶은 모습은 내면이 강인하고 어떤 일에도 평온을 유지하는 사람이었다. 아침에 이 문장을 적고 나면, 하루를 보내는 중간중간 스스로에게 질문을 던지게 된다. '그런 사람들은 어떻게 행동할까? 어떤 표정을 짓고 어떤 자세로 앉아 있을까? 흔들리는 시기에는 어떤 생각을 하며 하루를 매듭지을까?'

상상 속 그들은 자신을 최우선으로 여기며 주도적으로 살고, 맡은 일을 열정적으로 해낼 것 같았다. 책을 가까이하고 일기를 쓰며, 단정하게 옷을 입고 바른 자세를 유지할 것 같았다. 관계에 끌려다니기보다 스스로를 먼저 보살필 것 같았다. 비록 내가 지금 마주하고 있는 현실이 엉망으로 느껴져도 굴

하지 않았다. 나를 돌보며 능력을 키우는 데 집중했고, 행동 하나하나를 정교하게 고쳐나갔다.

나는 꾸준히 글을 쓰는 수필가가 되고 싶다는 상상도 했다. 특히 아침에 글 쓰는 사람들을 동경했다. 시행착오가 많았지만, 노력 끝에 아침에 글 쓰는 생활이 꽤 오래 이어졌다. 비법은 나에게 이 생활이 아주 자연스러운 척했다는 것이다. 예컨대 만나는 사람들에게 "나는 아침 일찍 일어나 글 쓰는 게 루틴이야"라고 말하고 다녔다. 그렇게 뱉어놓은 모습을 유지하려 애쓰다 보니 정말로 아침에 규칙적으로 일어났고, 루틴을 지키며 글을 계속 썼다. 시간이 흐르자 그 '척'은 진짜 내 모습이 되었다.

원하는 삶을 사는 사람을 상상하고 흉내를 내면 변화의 속도는 빨라진다. 지금 당장은 그런 사람이 아니더라도, 흉내를 내는 과정에서 그들의 태도와 마음가짐을 끊임없이 고민하게 되어서다. 그렇지 않으면 어떤 사람이 되고 싶은지 깊게 생각할 기회도, 그 태도를 감각으로 익혀볼 시간도 없다. 내면과 태도를 견고하게 다지고 전과 다른 결과를 만들어낼 때, 그리고 그 결과를 마주하며 스스로를 칭찬할 때 비로소 새로운 자아상이 온전히 내 것이 된다.

## 나와 내가 손을 잡고
## 계속 걸어가도록

긍정적인 자아상을 만들려고 노력해도 하루아침에 내 모습이 바뀌지는 않는다. 자꾸 과거의 내가 보여 실망하거나, 변하지 못할 것 같아 답답할 때도 많다. 새로운 자아상이 몸에 안 맞는 옷처럼 어색하고, 건강한 모습으로 바뀌는 과정이 익숙하지 않아 오히려 전보다 불편해지기도 한다. 기분이 좋다가도 이 모습이 신기루처럼 사라질까 두렵기도 하다. 모두 내가 직접 겪어본 마음이다.

그래도 계속해야 한다. 자신을 괴롭히는 부정적인 자아상을 평생 품고 살 수는 없지 않은가. 이 과정을 근육이 찢어지고 새 근육이 붙으며 단단해지고 건강해지는 과정이라 여기자. 변화가 수월할 거라는 기대 자체가 비현실적이다. 자아상을 바꾸는 일은 힘들지만 그만큼 가치 있다. 나는 결코 예전의 나로 돌아가고 싶지 않다. 숨 쉬듯 나에게 부정적인 말을 내뱉고 멈추는 것보다, 바뀐다는 희망을 품고 새로운 나로 나아가는 과정이 훨씬 즐겁고 편하다.

나는 이제 내가 좋다. 나를 사랑스럽게 보기 시작한 뒤로 삶은 훨씬 편안해졌다. 어디로 도망치거나 누구에게 의존하지 않아도, 내가 내 안에 존재함으로써 행복하다. 자아상이 건강하면 모든 노력은 부족함을 채우기 위한 애씀이 아니다. 멋진 나에서 더 멋진 나로 나아가는 기분 좋은 과정이 된다.

나와 내가 한 팀이 되어 손을 잡고 앞으로 나아간다. 나아지고 싶은 나, 나를 사랑하는 나, 행동하는 내가 한마음 한뜻이 되어 올바른 방향으로 걷는다. 누구도 뒤에서 나를 끌어당기지 않고, 타인의 발걸음을 곁눈질할 필요도 없다. 긍정적인 나의 모습들이 서로 어울려 풍경을 즐기고 바람을 쐬며, 더 좋은 삶을 향해 계속 걸어간다.

# 마음 돌봄 노트

과거에 묶여 있던 나를 놓아주고, 새로운 나를 정의해 봅시다.

**STEP 1. [인정 노트] 직면하고 걷어내기**

나를 괴롭히는 솔직한 마음을 "나는 인정한다"로 시작해 적어보세요. 내 자아상이 나를 어떻게 힘들게 하고 있는지 있는 그대로 마주하는 단계입니다.

**나는 인정한다.** ________________________________

________________________________

**STEP 2. [새로운 자아상] 원하는 모습 정의하기**

낡은 자아상을 걷어낸 빈자리에 새롭게 세우고 싶은 나의 모습을 적어보세요.

**나는** ________________________ **사람이다.**

**STEP 3. [체화] 오늘 하루 흉내 낼 행동 찾기**

앞에서 쓴 사람이 할 법한 일을 오늘 나도 한번 시도해 보면 어떨까요. 그들이 할 것 같은 구체적인 행동 하나를 생각해 봅시다.

# 질문으로 새로운 생각의 물길을 낸다

생각이 내 삶을 이끈다

생각은 손으로 잡히지도 않고 가만히 두면 제멋대로 날뛴다. 가끔은 내가 무슨 생각을 하는지조차 모를 때도 많다. 내 머릿속에서 일어나는 생각인데 주도권이 내게 없다니. 이상하지 않은가. 무서운 건 생각이 내 삶을 이끈다는 사실이다. 날뛰는 생각을 방치하는 것은 파도에 휩쓸려 이리저리 떠도는 배에 노 없이 타고 있는 것과 같다. 생각의 방향을 다스릴 방법은 없을까?

## 질문이 생각을 만들고,
## 생각이 삶을 이끈다

질문은 답을 구하고자 하는 마음을 일으킨다. 자신이 지향하는 인생에 대한 질문을 만들어 품고 살면, 생각의 방향을 바꿀 수 있다. 그 답은 대부분 좋은 삶을 향해 있기 때문이다. 나는 인생 질문 세 가지를 다음과 같이 정했다.

1. 어떻게 하면 더 간결하고 본질적인 생활을 할 수 있을까?
2. 어떻게 하면 즐겁고 충만하고 안정적으로 일하며 살아갈 수 있을까?
3. 어떻게 하면 지구의 아름다움을 누리면서 살 수 있을까?

이 질문을 벽에 붙이고 매일 읽는다. 당장 답을 하지 않아도 된다. 내가 이런 삶을 살고 싶다는 것을, 이런 가치를 추구한다는 것을 잊지 않기 위해 보는 것이다. 가끔은 지금 내가 해야 할 행동이 바로 떠오르기도 했다. 질문들이 눈앞에 있는 자잘한 걱정이 아니라, 넓은 시야로 삶을 보게 해줬다. 오늘의 고민에 갇혀 마음이 작아질 때면 소리 내어 읽는다. 마음이 씩씩해진다. 그렇다면 인생 질문은 어떻게 만들까?

## 인생 질문 만드는 법

나는 죽기 직전에, 한 톨의 후회도 남기고 싶지 않았다. 그래서 당장 오늘은 어떻게 살아야 후회 없이 살 수 있을지 늘 고민했다. 눈앞에 있는 사사로운 일들에 휩쓸리지 않고, 삶의 단위에서 매 순간이 어디에 있는지 바라보려 했다. 삶 전체를 조망하려면 의식이 깨어 있어야 한다. 이때 인생 질문이 단단하게 굳어 있던 의식을 깨어나게 한다. 인생 질문을 만들기 위해서는 제일 먼저 어떻게 살면 가장 후회할 것 같은지를 적어 보면 좋다. 그러고는 그 반대로 삶을 이끄는 질문을 떠올린다. 나의 인생 질문은 다음과 같은 과정을 거쳤다.

첫 번째, 주어진 시간을 낭비하면 후회할 것 같았다. 중요하지 않은 것에 시간을 쓰기가 싫었다. 일을 하더라도 그 일을 왜 하는지 알고 난 뒤에 하고 싶었다. 쓸데없는 고민은 하지 않고 싶었다. 부정적인 기운만 주고받는 인간관계는 신경 쓰고 싶지 않았다. 생활도 복잡한 게 싫었다. 어지러운 방을 상상하면 쉽다. 지저분한 방에선 진짜 필요한 물건이 어디에 있는지 모른다. 그 속에선 진정한 휴식도 취할 수 없다. 그 방이 내 삶이라면 어떨까. 집이 단정해야 원하는 게 무엇인지 보인다. 진짜 중요한 것은 잘 보이는 곳에 배치하니 동선에 낭비가 없을 것이다. 단순함은 가장 본질적인 것만 남겨져 있는 상태다. 나는 내 삶이 단정한 방처럼 느껴졌으면 했다. 중요한 것이 무엇이며 어디에 있는지 알고 싶었다. 핵심을 파악하고 주어진 시간을 알차게 쓰고 싶었던 것이다. 그렇게 첫 번째 인생 질문을 만들었다. '어떻게 하면 더 간결하고 본질적인 생활을 할 수 있을까?' 이 질문을 내게 건넬수록 그에 가까운 생활을 할 수 있었다.

두 번째, 일하는 시간이 힘들기만 하면 후회할 것 같았다. 일하는 걸 부정적으로 표현하는 콘텐츠가 많다. '출근' 자체가 괴로운 일의 대명사처럼 쓰이는 시대다. 일하는 건 힘들기만 하다는 고정관념에서 탈피하고 싶었다. 근무 시간을 벗어나야만 즐거운 삶이 아니라, 일을 통해 충만한 삶을 살고 싶었다. 일을 통해서 경제적인 안정도 이루고 싶었다. 방법을 찾아야 했다. 그렇게 두 번째 인생 질문 '어떻게 하면 즐겁고 충만하고 안정적으로 일하며 살아갈 수 있을까?'가 나왔다. 이 질문에 대한 답은 거창한 행동이 아니었다. 미루던 일을 빠르게 처리하기만 해도 일을 대하는 마음이 더 편안해졌다. 평소보다 10분 일찍 출근해 커피를 한 잔 마시고 여유롭게 일을 시작하기만 해도 더 행복했다. 질문에 대한 답이 거창하지 않아도 된다. 어제보다 조금 더 나아지기만 하면 된다. 묻기만 하면 답은 분명히 나온다.

세 번째, 세상의 아름다움을 다 못 보고 죽는 게 억울했다. 지구가 이렇게 넓은데 좁은 반경 안에서만 살아가는 게 아쉬웠다. 사람으로 태어났으면 누릴 수 있는 건 다 만끽하고 싶었다. 질문이 떠올랐다. "어떻게 하면 지구의 아름다움을 누리면서 살 수 있을까?" 이 물음을 곱씹다 보니 삶의 아름다움을 주변에서 찾게 되었다. 계절에 따라 변화하는 자연을 흠뻑 즐기는 일이 답이 된 것이다. 여행을 가서 더 넓은 세상을 보는 것도 방법이다. 다른 세계를 경험하고 누리기 위해 외국어를 공부하는 것도 좋다. 집의 안팎을 아름답게 가꾸는 것도 답이 된다. 이렇게 질문 하나로 삶의 품격이 올라간다.

질문은 답을 떠올리게 한다. 하지 않던 생각을 하게 한다. 하지 않던 생각을 하게 되면 하지 않던 행동이 나온다. 그 행동이 나를 더 나아지게 한다. 죽기 직전에 후회할 것 같은 삶의 모습은 무엇인가? 그 반대로 살 수 있도록 나만의 인생 질문을 만들어보자. 그 질문이 매일의 생각을 바꾸고, 행동을 만든다. 질문을 보기만 해도 매일 1밀리미터씩 나아지는 나를 만날 수 있다.

# 마음 돌봄 노트

어떤 질문을 품고 사느냐에 따라 생각의 방향이 달라집니다. 지금의 나를 새로운 곳으로 이끌 인생 질문을 만들어볼까요?

**Q. '이렇게 살았어야 했는데' 하고 후회할 것 같은 일이 있나요?**

ex. 무엇이 중요한지 모르고 바쁘게만 살다가 젊음을 다 흘려보냈다.

**Q. 후회를 뒤집어 나를 좋은 방향으로 이끌어줄 '인생 질문'을 만들어보세요.**

ex. 어떻게 하면 더 간결하고 본질적인 생활을 할 수 있을까?

Q. 질문의 답으로, 당장 실천할 수 있는 아주 사소하고 구체적인 행동은 무엇인가요?

ex. 불필요한 약속을 줄이고, 자기 전 20분은 나를 위한 시간 갖기.

# 지향점의 실물을 수집한다

닮고 싶은 특징이 모여

결국 내가 된다

새벽마다 글을 쓰는 무라카미 하루키, 매일의 일상을 작품으로 빚어내는 마스다 미리, 삶과 자연과 예술을 음악에 녹여낸 사카모토 류이치, 사람은 모두 자신에게 이르러야 한다고 말한 헤르만 헤세. 내가 동경하는 사람들이다. 공책 한쪽에 이들의 닮고 싶은 모습을 마인드맵으로 엮어두었다. 내 삶의 지향점을 한곳에 수집하고 싶어서다.

그러나 이 사람들이 내게 롤모델은 아니다. 그저 이들의 어떤 특정한 모습을 닮고 싶다는 뜻이다. 롤모델을 설정하면 모든 선택 상황 앞에서 '그 사람이라면 어떻게 할까?' 생각하게 된다. 하지만 어느 누구도 나와 똑같은 환경에 처해 있지는 않다. 그러니 롤모델 한두 명에게만 의지하면 정작 내 상황에 맞지 않는 선택을 할 수도 있다. 게다가 나는 그들이 실제로 어떤 사람인지 모른다. 그저 내가 알고 있는 그들의 어떤 모습 일부를 닮고 싶고, 그 면모를 내 삶에 끌어오고 싶을 뿐이다. 공책에 그린 마인드맵은 동경하는 사람들의 조각을 모아 나의 삶을 지도처럼 새롭게 그려낸 것이다.




## 타인의 조각을 모아
## 삶의 지도를 만들자

마인드맵 한가운데에는 '나'가 있다. 나로부터 가지를 뻗어 동경하는 이들의 이름을 하나씩 적어나갔다. 그 이름 끝에 다시 가지를 뻗어 왜 그 사람을 동경하는지, 어떤 면모를 닮고 싶은지 구체적으로 적었다. 인물이 늘어날수록 내가 갖추고 싶은 모습이 무엇인지 생생하게 그려졌다.

닮고 싶은 특징들이 모여 결국 '나'라는 사람이 된다. 나의 마인드맵에는 자신의 정체성과 메시지가 분명하며, 꾸준히 결과물을 내놓는 창작자들의 이름이 있다.

미래가 불투명하게 느껴지거나 길을 잃어 멈추고 싶을 때마다 이 지도를 펼쳐 본다. 그러면 제자리로 돌아온 기분, 흐릿했던 앞길이 선명해지는 기분이 든다. 지금은 비록 닮고 싶고 동경하는 모습일 뿐이지만, 실제로 그렇게 살아온 사람들이 세상에 존재한다는 사실만으로도 나 역시 변할 수 있다는

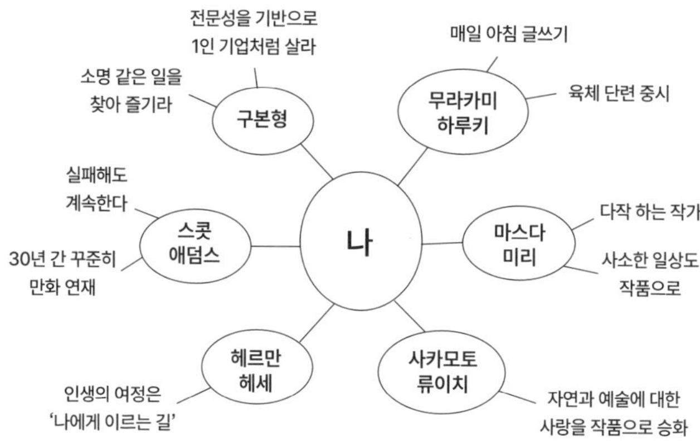


용기를 얻는다.

글감을 고민할 때면 마스다 미리가 '오늘 걸은 것도, 먹은 것도, 느낀 것도 다 소재가 된다'라고 나지막이 일러준다. 포기하고 싶은 마음이 불쑥 들 때면 하루키가 '육체부터 단련하고, 무슨 일이 있어도 매일 책상 앞에 앉아 글을 쓰라'며 내 등을 토닥인다.

서로 다른 시대와 세계에 사는 이들이 나의 세계 안으로 들어와 멘토가 되는 상상을 한다. 그들은 나를 모르지만, 나는 그들의 일부를 안다. 실제로 아는 사이가 아니기에 그저 내 방식대로 그들의 장점을 해석하고 흡수하면 그만이다.

앞서 자아상을 새롭게 만들기 위해서는 최선을 다해 흉내를 내야 한다고 했다. 마인드맵은 내가 어떤 모습을 따라 해야 하는지 알려주는 지도와 같다. 어떤 태도로 살아가고 싶은지 이미 지도 위에 다 적혀 있으니, 하나씩 시도하면 된다. 원하는 삶의 실체를 눈에 보이게 모아두면 어떤 삶을 원하는지 분명해지고, 길을 잃어도 돌아올 곳을 금방 찾을 수 있다.

# 마음 돌봄 노트

닮고 싶은 사람을 그저 동경의 대상으로만 두지 말고, 삶의 지도로 삼아봅시다. 종이 한가운데에 '나'를 적습니다. 그리고 가지를 뻗어 닮고 싶은 사람의 이름을 써보세요. 그 옆에는 그 사람의 어떤 면모를 내 삶으로 가져오고 싶은지 구체적으로 적어봅니다. '그 사람'이 아니라, '그 사람의 어떤 모습'을 수집하는 겁니다. 이렇게 모은 조각들은 길을 잃었을 때 펼쳐 볼 수 있는 나만의 지도가 되어줄 거예요.

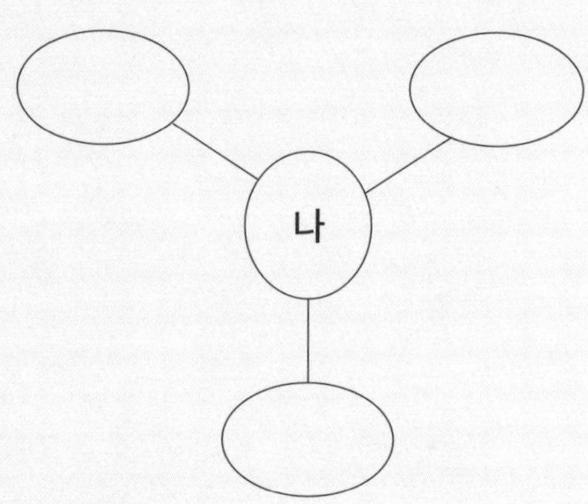

*Begin*

가벼운 시작을 위하여

# 할머니가 된 내가 오늘을 떠올린다면

죽기 직전의 나는 오늘의 나에게 어떤 말을 할까?

꾸준히 하고 싶은 일을 찾았다면 이제부턴 진짜 '시작'이다. 시작하는 마음은 늘 실제보다 무겁다. 이 책을 쓰기 위해 책상 앞에 앉는 게 어찌나 힘든지, 매일 나를 잘 다독인 뒤에야 파일을 열곤 했다. 잘하고 싶은 마음이 앞서서다. 하지만 막상 책상 앞에 앉으면 손이 알아서 문장을 쓴다. 쓰는 게 아니라 저절로 써지는 쪽에 가깝다.

경험들이 매번 똑같은 조언을 건넨다. 딱 첫발만 떼라고. 막상 시작하면 별거 아니라고. 지나고 보면 머뭇거리며 두려워한 시간이 가장 아까웠다. 뭔가를 하지도, 그렇다고 푹 쉬지도 못한 채 흘려보낸 시간이다. 다 끝내고 나면 '이렇게 쉬운 일을 무서워했단 말이지?' 허탈해진다. 그럴 때마다 다짐한다. 다음엔 1분이라도 더 빨리 시작하자고. 물꼬만 터주면 된다. 그 뒤의 일은 이미 시작한 내가 알아서 한다.

그렇다면 어떻게 해야 첫발을 쉽게 내디딜 수 있을까? 시작과 친해지기 위해서는 그 일을 작게 느껴야 한다. 일의 실제 크기가 어떻든 상관없다. 살아가며 수많은 과제를 만날 텐데, 일의 크기가 거대하다고 매번 미룰 수는 없다. 관점을 바꿔보자. 시간을 미래로 아주 빨리 돌려본다.

## 나는 늙고, 언젠가 죽는다

주름이 자글자글한 얼굴과 손, 백발의 머리카락, 휠체어에 의지해야 하는 몸. 삶의 끝에 다다랐음을 직감하며 침대에 누워 있는 나. 지난 인생을 돌아보며 나는 어떤 생각을 할까? 이 삶이 아름다웠다며 미소 지을까, 아니면 후회로 가슴이 먹먹할까?

나는 머릿속으로 스스로를 죽음 앞에 자주 데려다 놓는다. 무섭지만 우리가 죽는다는 건 변하지 않는 사실이다. 삶이 끝난다는 사실을 늘 품고 있어야 지금이 소중하다는 걸 잊지 않을 수 있다. 죽음을 떠올리면 눈앞에 놓인 문제들이 작아진다. 도전이 무섭지 않다. 오히려 빨리 하나라도 더 경험하고 싶어진다.

할머니가 된 나는 오늘의 나에게 어떤 말을 할까? 젊으니 무엇이든 해보라고 할 것이다. 성공하든 실패하든 배우는 게 있다고 말해줄 것이다. 언젠가 죽는다는 사실은 내 선택의 기준이 되었다. 죽음 앞에서 땅을 치고 후회할 것 같은 일을 우선순위로 삼는다. 실패해도 괜찮다. 할머니가 된 나보다 오늘의 내가 가진 시간이 훨씬 많으니까. 힘들어도 괜찮다. 삶이 무르익는 과정일 뿐이다.

이 관점에서 마음에 품고 있는 일을 두려워만 했던 시간을 떠올리면, 보물을 내다 버린 기분이 든다. 시작이 조금 가벼워진다. 시간은 귀하다. 생각을 현실로 구현하는 건 인간만이 가진 특권이다. 이 자유와 권리를 마음껏 누리자. 일단 뭐든 시작해야 현실로 만들 수 있다.

# 나의 적당량을 찾아서

지치지 않도록,

나와 내가 좋은 관계를 맺을 수 있도록

세상엔 왜 이리 초인이 많은가. 한 달 만에 10킬로그램을 감량했다는 사람, 하루도 빠짐없이 새벽에 달리기 하는 사람, 부업으로 월 천만 원을 벌었다는 사람. 이런 사람들을 보면 내가 나태한 건 아닌지 의심하게 된다. 나도 똑같이 할 수 있을 것 같은 근거 없는 자신감도 생긴다. 아니, 어쩌면 근거는 충분하다. 그들도 나도 똑같은 '사람'이지 않은가. 그렇게 (지금 내게는 무리인) 목표를 똑같이 세워본다. 하루이틀은 계획대로 해낸다. 하지만 결국 흐지부지되고 만다.

이처럼 변화에 대한 기대감이 한껏 고조되어 있을 때가 사실은 가장 위험한 순간이다. 바라보기만 해도 아득히 높은 목표를 덥석 세우고 마니까. 자꾸 그만두고 꾸준하지 못한 나를 지켜보며 몸으로 익혔다. 뭐든 시작할 때는 그 일을 '거대하다'고 느끼지 않는 게 중요하다는 사실을. 세운 목표를 바라볼 때 자신의 마음이 부담스럽지 않아야 한다. 설령 실제로 커다란 목표를 향해 가는 중이라 해도, 첫 목표는 아주 사소하고 작

아야 한다. 마음에 어떤 저항감도 생기지 않을 정도로 쉬우면
더 좋다. 그래야 발걸음을 떼기가 쉽다.


## 목표 설정도 할수록 잘한다


목표를 '잘' 설정하는 것도 하나의 능력이다. '능력'이기
에 처음에는 서툴러도 연마를 통해 얻을 수 있다. '목표 설정이
뭐 대수라고' 싶겠지만, 자신과 친하지 않으면 '적당량'을 파악
하기도 쉽지 않다.

자신의 한계는 반복적인 시도를 통해 배울 수 있다. 매일
어느 정도의 양을, 얼마큼의 시간을 들여 할 수 있는지 여러 차
례 부딪히며 몸으로 직접 익히는 것이다. 그렇게 자신만의 데
이터를 쌓아가다 보면 내게 딱 맞는 목표를 세우는 감각을 갖
추게 된다.

러닝을 하겠다고 난생처음 마음먹은 사람이 있다고 하
자. 친구들이 하루에 7킬로미터씩 거뜬히 띈다는 말에 똑같이
7킬로미터를 목표로 정했다. 막상 해보니 너무 벅찼다. 그렇다
면 자신의 페이스에 맞게 목표를 조정해야 한다. 5킬로미터도

해보고 3킬로미터도 해봐야 한다. 시간도 아침저녁으로 나눠서 달려보면 좋다. 목표 설정이 서툰 사람들은 조정 없이 첫 계획을 계속 밀어붙인다. 페이스가 안 나오는 나를 다그치고, 무리하다 결국 쉽게 지치고 만다.

자신을 파악하지 못하고 세운 어설픈 목표를 끝까지 고수하는 건 아집이다. 조정하고 또 조정한 끝에 얻은 목표야말로 진짜 내가 이뤄야 할 것이다. 특히 목표 설정 초반에는 내가 소화할 수 있는지 자신의 상태를 유심히 관찰해야 한다. '이만큼 하니까 어렵구나' '이 정도는 부담스럽구나' '이렇게 하면 계속할 수 있겠다' 하고 느껴봐야 한다. 목표를 조금씩 수정하는 유연한 태도가 편안한 시작을 만든다. 나에게 버거운 목표라면 언제든 수정해도 된다는 마음가짐을 가지자.

## 무리한 요구는 사랑이 아니니까

적절한 목표를 내게 주는 건 시작을 가볍게 만들 뿐만 아니라 자기 이해와 사랑의 과정이 된다. 순간적인 설렘에 휩쓸려 감당하기 어려운 미션을 나에게 던지고, 해내지 못했다고 자책해온 날이 수없이 많다. '당연히' 해내지 못할 일이었는데 왜 그리도 나의 성실을 탓했는가.

연인 관계와 비슷하다. 평일에는 저녁 7시에 퇴근하고 쉬는 날이 하루뿐인 애인이 있다고 치자. 애인이 나에게 쓸 수 있는 시간은 평일 밤과 주말이 전부일 것이다. 그마저도 각자의 생활이 있으니 못 만나는 날이 생기고, 상대가 바쁘면 그 또한 존중하는 게 당연하다. 그런데 "왜 매일 저녁에 못 만나?" "주말은 다 나한테 써야 하는 거 아니야?" 강요하는 걸 과연 사랑이라 할 수 있을까.

계획을 세우거나 목표를 설정할 때도 똑같다. 가진 시간과 에너지의 총량을 먼저 파악해야 한다. 지치지 않고 살아갈 수 있도록, 나와 내가 좋은 관계를 맺을 수 있도록 적당한 목표를 세워야 한다. 존중하는 마음이 곧 사랑이다. 이제는 지킬 수 없는 터무니없는 목표를 나에게 요구하지 않는다. 적절한 양을 목표로 삼고, 시작하는 마음이 부담스럽지 않도록 만들어주려 한다.

# 경험주의자로 살기

## 인생은 '찍먹'이다

편집 디자인, 일본어 회화, 아이패드 드로잉, 마크로비오틱 요리, 주식, 유튜브, 스레드, 요가…… 시작하고 제대로 마무리 짓지 못한 일들이다. 지금은 떠오르지 않지만 이외에도 시작만 한 일이 많을 것이다. 오늘의 나는 이 중에서 무엇 하나라도 잘한다고 소개할 수 없다. 그렇다고 해서 이 모든 시작들이 내게서 증발했을까? 아니다. 그때의 시간들은 여전히 내 삶에 머물고 있다. 일단, 이 글에서도 나라는 사람의 생각을 표현하는 문장으로 쓰이지 않았나. 내 몸을 통과한 경험은 어떻게든 사용된다.

●

## 결과를 내지 않을 자유

1년 전, 퇴근 후 작사 학원에 다녔다. 음악을 만들 수 있는 사람이 되고 싶었다. 매일 노래를 들으며 가사에 위로를 받았는데, 만약 노래를 직접 만들 수 있는 사람이 되면 얼마나 황홀할지 상상만 해도 신이 났다. 배우지 않을 이유가 없었다. 어떻게 하면 작사를 할 수 있는지 몰라 덥석 학원부터 등록했다. 수업에 들어가니 용어도 이론도 모두 낯설었다. 나이 서른에 초등학교에 입학한다면 이런 느낌일까. 매주 학원에 가고 과제를 하는 게 쉽지는 않았지만, 새로운 세계를 알아가는 과정 자체가 재미있었다. 그러나 몇 달 뒤 학원을 그만두고 말았다. 직장을 다니며 과제를 하고, 매달 부담스러운 학원비를 낼 만큼 작사에 열정이 타오르지 않았기 때문이다. 그 돈으로 책을 사고, 그 시간에 음악을 더 듣는 편이 나을 것 같았다. 그렇게 나는 작사를 시작했지만 끝내 작사가가 되진 못했다.

예전에는 뭔가를 시작하고 끝까지 하지 않으면 '포기한 나'만 보여서 마음이 움츠러들곤 했다. 하지만 이번엔 좀 달랐다. 작사를 배운 덕분에 음악을 대하는 마음이 깊어졌고, 가사 한 줄을 쓰기까지의 작업자의 고심이 느껴졌다. 전에는 음악의 앞면만 봤다면 이제는 옆면, 뒷면까지 360도로 훑어볼 수 있었다.

눈에 보이는 결과를 내지 않고 끝내도, 어떤 시작의 경험은 충분히 멋진 시간으로 남는다는 걸 그때 배웠다. 도전한 시간은 내가 '실패'라고 이름 붙일 때에만 실패가 된다. 이렇다 할 결과가 없더라도 도전을 경험으로 소화해 버리면 타격이 없다. 나는 작사가가 되는 것에 실패하지 않았다. 한 직업의 세계를 경험했을 뿐이다. 이 경험을 거름 삼아 내가 더 오래할 수 있는 일을 찾아나서면 된다.

## 인생에는
## '찍먹 경험'이 필요하다

대화할 때 유달리 매력적으로 느껴지는 사람들이 있다. 그들은 공통점 중 하나는 이른바 '썰'이 많다는 것. 삶의 경험을 풀어내는 그들의 이야기를 듣고 있으면 영화라도 보는 듯 흥미진진하다. 교대를 다니다 부모님 몰래 자퇴하고 혈혈단신으로 서울에 왔다는 사람, 뮤지컬을 공부하다가 바리스타를 직업으로 삼은 사람… 예상치 못한 삶의 궤적을 가진 이들은 존재 자체로 매력적이다. 이들이 매력적인 이유는 모든 일에 성공해서가 아니다. 내게 없는 경험이 있고 새로운 도전에 뛰어드는 태도에서 우러나는 열정이 사람을 끌어당기는 것이다.

경험을 쌓을수록 인생이 풍부해진다는 걸 알면서도 시작하기가 어려웠던 건 실패가 싫어서였다. 실패가 싫은 첫 번째 이유는 나에게 실망하게 되어서다. 실패를 자주 마주하면 한계를 긋게 된다. 다른 일에 도전할 때도 지레 겁을 먹는다. 가볍게 시작한 일조차 꾸준히 못 하는 나를 보니, 다른 일을 시작할 때도 위축되곤 했다. 실패가 싫은 두 번째 이유는 쪽팔려서다. 얼른 남들에게 결과를 보여줘야 할 것 같아 부담되었고, 실력으로 만족시키지도 못할까 걱정했다. 다행히 이 부담감을 벗어던지게 해준 생각법이 하나 있다. 바로 인생에는 '찍먹 경험'이 필요하다는 것이다. 음식도 자꾸 다양한 것을 먹어봐야 맛있는 음식을 만들 수 있다. 먹었을 때 입맛에 맞지 않아도 나의 미식 스펙트럼이 넓어지게 된다. 그럼 진짜 맛있는 음식을 만들 때 레퍼런스가 된다.

삶도 마찬가지다. 수많은 '찍먹 경험'을 통해서 다른 일의 레퍼런스가 생기고, 인생의 스펙트럼이 넓어진다. 스펙트럼이 넓어지면 진짜 원하는 삶을 발견하기 쉽다. 경험이 없으면 진짜 내가 좋아하는 게 무엇인지 모른다. 연애도 많이 해봐야 자신의 연애 스타일을 아는 것처럼, 경험도 많이 쌓아봐야 내가 진짜 어떤 것을 좋아하는지 알 수 있다. 잠깐의 경험들도 모두 자신의 주머니 속에 모여 있다. 경험은 데이터로 쌓이고 쌓여서 내가 잘해야 하거나, 꼭 능력을 발휘해야 하는 영역에서 결국 빛을 발한다.

시작할 때 '일단 찍어 먹어본다'는 생각을 하니 도전이 훨씬 쉬워졌다. 어떤 일을 해보고 안 맞으면, 절망하지 않고 또 다른 일을 얼른 시작하면 된다. 그 일의 세계가 어떻게 굴러가는지 경험해 봤기 때문에, 다른 일을 새로 시작할 때 시야가 더 빨리 트인다. 새로운 취미를 가졌는데 흥미가 떨어져 금방 그만둬도 괜찮다. 아이처럼 순수한 마음으로 무언가를 좋아하는 나를 언제 또 보겠는가? 더 즐거운 일을 얼른 찾아 나서면 된다. 사이드 프로젝트를 시작했는데 결과가 좋지 않아도 괜찮다. 이 결과가 또 다른 도전에 든든한 밑거름이 되어줄 테니까.

●

## 헛걸음조차
## 나아가는 걸음 중 하나다

음악 프로듀서이자 『창조적 행위: 존재의 방식』을 쓴 작가 릭 루빈은 "실패는 원하는 곳으로 가기 위해 필요한 정보"라고 말한다. 잘 해내지 못한 경험이 더 나은 방법을 찾도록,

내게 딱 맞는 길을 찾아가도록 돕는다는 이야기다.

시도를 하면 할수록 알게 된다. 나라는 사람은 진짜 하고 싶은 일 앞에서 어떤 감정을 느끼는지, 하고 싶지 않을 때는 어떤 태도를 보이는지. 인생 데이터가 축적되는 것이다. 좋은 경험은 더 큰 경험의 토대가 되고, 나쁜 경험은 무언가를 피하는 안목을 길러주며 그것이 내게 왜 안 좋은지 알려준다.

작은 도전들이 쌓였기 때문에 큰 도전을 과감하게 할 수 있었다. 힘든 회사를 경험했기에 좋은 회사를 알아보는 눈이 생겼다. 불편한 집에 살아봐서 내게 맞는 집이 무엇인지 알게 되었다. 헛걸음을 많이 해봐서 내가 어떤 방향으로 걸어갈지 보였다. 실패는 복기하고 정리하면 나만의 인생 가이드가 된다. 경험이 많아질수록 가이드는 더 구체적으로 그려질 수밖에 없다. 그러니 가벼운 마음으로 뭐든 일단 시작하자.

요즘 나는 또 다른 배움에 도전하고 있다. 명상 안내자가 되고 싶어 전문가 과정을 밟으며 공부하고 있다. 작사를 왜 그만두었는지 알기 때문에, 지금 배우는 것이 내게 얼마나 잘 맞는지 알고 있다. 중간에 그만둔 경험이 없었다면 새로 시작한 일에 애정을 가지고 꾸준히 이어가지 못했을 것이다.

경험주의자의 품은 넓다. 모든 경험을 자신의 일부로 소화한다. '완벽하다'는 평가는 결과가 있어야 가능한데, 스스로는 그저 경험을 쌓았을 뿐이라고 여기니 타인에게서 평가받을 이유가 없다. 경험주의자의 시작은 그래서 가볍다. 결과를 내지 않을 자유, 평가받지 않을 자유가 있다. 모든 경험은 내 삶에 머물고 언젠가 쓰이기 마련이다. '찍먹 경험'을 쌓는다는 생각으로 살아보자. 그럼 우리 사전에 실패란 없다.

# 시작의 순간을 비밀에 부친다

마음껏 실패할 수 있도록, 비장해지지 않도록

얼마 전부터 피아노를 제대로 배우기 시작했다. 어느 날 지하철 역사 안에 놓인 피아노를 치고 있는 할머니와 할아버지를 우연히 보았다. 피아노 앞에 앉은 두 분의 모습이 얼마나 아름다웠는지 연주를 들으며 그 자리에 한참을 서 있었다. 나도 저렇게 늙고 싶다고 생각하며. 물론 내게는 작사를 그만둔 역사가 있지만, 할머니가 될 때까지 즐길 수 있는 음악 취미 하나 정도는 꼭 갖고 싶었다. 어린 시절에 잠깐 배우긴 했지만 다시 피아노를 배우고 싶어서 집 앞에 있는 피아노 학원에 무작정 들어가 등록했다.

처음에는 계이름을 읽는 일조차 힘들었지만, 점점 부드럽게 건반을 누르게 되는 나를 보는 재미가 쏠쏠했다. 레슨 때마다 실력이 자라는 게 느껴진다. 손가락의 움직임과 멜로디가 자연스러워졌다. 변화의 쾌감을 느끼는 게 얼마나 신났는지 모른다. 인내심도 길러진다. 못하는 나를 견디고 잘하는 나로 건너가는 과정의 부침을 잘 견뎌내고 있다. 이 인내심은 일상의 다른 영역에서도 도움이 됐다.




## 마음껏
## 실패하고 싶어서

만약 잘하고 싶은 일이 있다면 시작의 순간을 혼자 만끽하자. 이 일에 뛰어든 걸 비밀에 부치는 것이다. 마음껏 실패하고, 서투름마저 온전히 음미하기 위해서다. 시작은 늘 미완성이고 아슬아슬하다. 실패하거나 도중에 그만두더라도 분명 경험이 되는데 남들에게 알리면 실패에 대한 부담이 커진다. 내가 아무리 "이건 경험이야"라고 말해도 누군가는 이 과정을 '성공'과 '실패'의 이분법적 시선으로 평가할 수 있기 때문이다. 타인의 시선을 의식하면 페이스 조절에 실패해 무리하기도 한다. 그저 잘해야 한다며 자신을 다그치게 된다.

마음껏 실패하고 싶어서 시작을 비밀에 부친다. 점점 잘하게 되는 나를 즐긴다. 점차 능숙해지는 나를 지켜보는 건 나와 친해지는 과정이다. 얼마나 열심히 했는지는 그 누구도 아닌 내가 안다. 나 자신을 응원하고 있기에 자신에 대한 신뢰와 애정이 두터워진다.

진짜 하고 싶어서 시작한 일에는 순수한 집중력과 애정이 깃들어야 한다고 믿는다. 지극한 정성으로 그 과정을 겪어내야 잘하는 경지에 이를 수 있다. 쾌적한 정신, 좋은 상태의 마음만 갖고 도전하기에도 시간이 모자라다. 그러니 굳이 주변에 말해서 걱정을 살 이유가 없다.

●

## 비장함 대신
## 편안함으로

시작을 비밀에 부치면 비장해지지 않는다. 세상에 "나 이거 시작했어요"라고 선언했는데 마음이 편안하기는 쉽지 않다. 누군가는 이 압박감을 이용할 테지만, 나는 오히려 주눅 들곤 했다. 새해 첫날을 생각해볼까. 첫날이 되면 긴장과 설렘이 동시에 찾아온다. 문제는 시작의 순간에 과하게 부푸는 마음이었다. 무엇을 하든 처음엔 힘을 바짝 줬다. 고조된 감정은 몸을 긴장시키고 에너지를 소모한다. 실제로 무언가를 지속하는 데 그리 도움이 되지 않는다. 설렘으로 부푼 상태, 점차 달라지는 계획, 비장함이 사라진 뒤 그저 현실을 통과하고 있는 나. 이 낙차에 여러 번 흔들렸다.

이제는 시작의 순간에 편안함을 장착하려 한다. 이때의 편안함은 게으름이 아니라 경직되지 않음이다. 부드럽고 안정된 마음이다. 실제로 이런 상태에서 성과도 더 잘 나온다.

부푼 마음을 차분히 가라앉히고 시작을 비밀에 부쳐보길 권하고 싶다. 이 비밀스러움이 편안한 시작과 꾸준한 행동을 만들어줄 것이다. 그러다 보면 어느새 시간은 흘러가 있고, 모든 노력은 자연스러운 일상이 되어 있다.

# 미리 하기는 자기 사랑의 기술

## 한정된 시간, 어떻게 채울 것인가?

해야 할 일을 미리 해낼수록 자신을 사랑하는 힘도 커진다. 미리 하기와 자신을 사랑하는 일에 어떤 관련이 있는지 의아할 수도 있다. 미루고 있을 때의 나는 모습은 어떤지 떠올려 보자. 마음 한편에 해야 할 일을 묻어두고 침대에 누워 휴대폰을 본다. 재밌는 영상에 웃기도 하겠지만 사실 머릿속엔 걱정 회로가 돌아간다. '아, 하기 싫다' '오늘은 무조건 해야 하는데'라며 자신을 다그치는 목소리가 들린다.

중요한 것은, 이 모든 말이 미루지 않았으면 결코 내게 하지 않았을 말이라는 점이다. 자책이 반복되면 자신을 바라보는 시선이 건강하게 형성될 리 없다. 미리 하기는 결과의 수준을 높이기도 하지만 그 이전에 나와 내 삶을 아껴주기 위한 방법이 된다.

늘 마감이 있는 삶을 살았다. 글을 쓰고 콘텐츠를 만들 때면 마감일을 먼저 정해 시간을 역순으로 세어 일정을 짰다. 마감이 넉넉히 남아 있을 때는 '오늘 하루쯤이야' 하고 시간을 흘려보내기 일쑤였다. 설렁설렁 해도 조금이라도 미리 해두면 좋았을 텐데, 아예 손을 대지 않는 날이 더 많았다. 일을 방치해 두면 마감일이 다가올수록 마음이 초조해졌고, 마감 전날에는 끙끙 앓았다. 그럼에도 밤까지 미루고, 미루고 또 미루고……. 한 번에 해야 할 양이 산더미가 된다. 피곤한 몸을 이끌고 일어나 부랴부랴 마감한다. 결국 제대로 완성될 때까지 하는 게 아니라 남은 시간 내에 할 수 있는 만큼만 한다. 남은 건 자신을 탓하는 목소리와 나조차 만족하지 못하고 엉성하게 마무리된 결과다. 미리 하기는 결과의 수준을 높이기도 하지만 그 이전에 나와 내 삶을 아껴주기 위한 방법이다. 그러니 습관으로 만들어두면 좋다.

## 한정된 시간,
## 어떤 감정으로 채울 것인가?

[A시점 ————— B시점 ————— C시점]

(미리 함) ————— (다른 좋은 경험) ————— (다른 좋은 경험)

(할 일을 미룸) ————— (여전히 미루고 불안) ————— (쫓기는 마음으로 함)

지금 하지 않아도 분명 언젠가 해야 할 일이다. A시점에 하지 않으면, B에서 하거나 C에서 해야 한다는 거다. A시점에서 해냈다면, B와 C시점에서는 그 일에서 벗어나 다른 좋은 경험으로 시간을 채울 수 있다. 일을 일찍(A) 마감하면 동료들에게 미리 공유하고(B) 피드백을 받을 수 있다(C). 여러 번 거듭해 수정하면서 결과물의 수준이 올라간다. 동료와의 관계에서도 신뢰가 쌓인다. 낮(A)에 미리 시험공부를 해놓으면 밤(B)과 새벽(C)에는 다음날 컨디션을 위해 푹 잘 수 있다. 미리 해두면 남은 시간에 나를 돌보는 일이 사치스럽지 않고, 걱정 없이 쉴 수 있다.

할 일을 A시점에서 하지 않으면 B와 C시점까지 불안한 마음을 끌고 가게 된다. 감정 소모가 심하다. 정작 C시점이 될 때까지 손에 쥔 것은 아무것도 없다. 결국 '진짜' 해야 할 타이밍에는 분주해진다. 있는 체력을 싹싹 긁어모아 초집중 모드에 들어간다. 마감에 맞춰 하다 보니 되는 데까지 하고 마무리 짓는다. 없는 체력까지 끌어모았으니 이내 탈진하고 만다. 미리 하는 습관이 없으면 이런 탈진 상태가 주기적으로 반복된다. 스스로를 지치게 만든다.

## 깨끗한 쾌락

나에게 쾌락은 두 종류다. 불안을 동반하는 쾌락과 불안을 제거하는 쾌락이다. 미루는 동안의 쾌락은 불안이 깔려 있다. 이 쾌락은 짜릿하지만 무기력과 자책을 남긴다. 불안을 해결하지 못한 채 덮어두고 외면해서다.

반대로 미리 해냈을 때의 쾌락은 조용하지만 개운하다. 해야 할 일을 끝냈을 때의 평온함, 하나씩 해낼 때마다 쌓여가는 결과물, 시간을 스스로 주무르며 산다는 흡족함. 이 쾌락은 불안을 줄이는 방향으로 작동한다. 후자를 '깨끗한 쾌락'이라고 부를 수 있겠다. 딱 하루면 충분하다. 방탕한 쾌락 대신 깨끗한 쾌락으로 하루를 채워보는 건 어떨까.

미리 하는 것은 자신을 사랑하는 방법이다. 만나지 않아도 될 불안으로부터 나를 보호한다. 소진되지 않도록 자신을 지킨다. 고통으로부터 스스로 구원하는 행동이다. 좋은 기분이 줄줄이 따라온다.

나는 미리 해내는 습관 자체가 자기 사랑을 위한 수련 과정이라고 여긴다. '지금 미리 해두면, 나를 더 사랑할 수 있다'라고 생각하면 어렵게 느껴졌던 시작이 가벼워진다.

# 나만의 시작 스위치 확보하기

시작이 두려울 때 유용한 삶의 도구들

아무리 다짐해도 나의 의지만으로 시작하기에 역부족인 순간이 온다. 이럴 때를 대비해 평소에 자신만의 '시작 스위치'를 마련해 두면 좋다. 나를 지켜줄 도구 하나를 가진 것처럼 마음이 든든하다.

●

## 책으로
## 시작하는 마음을 수호한다

나는 책장에 '하루키 존'이 있다. 무라카미 하루키의 책만 모아놓은 이 코너는 내게 보물 창고다. 생활을 건강하게 유지하고 싶을 때, 글 쓰는 마음을 다잡고 싶을 때면 하루키 존에 가서 아무 책이나 꺼내 스르륵 펼친다. 자신을 돌보는 건강한 생활과 즐거운 일의 마음이 그의 산문집에 가득하다. 『달리기를 말할 때 내가 하고 싶은 이야기』를 읽으면 운동이 하고 싶어지고, 『직업으로서의 소설가』를 읽으면 책상에 앉게 된다. 하루키의 문장들은 나의 시작 스위치다.

'하루키 존'처럼 같은 주제로 엮을 수 있는 책들을 방 곳곳에 정리해 두었다. 사찰에 있는 석탑처럼, 이 책들은 나의 정신을 지키는 '책탑'이다. 책은 언제나 그 자리에 있어서 좋다. 버리지만 않으면 평생 품고 살 수 있다. 고등학생 때 읽었던 책도 여전히 내 곁을 지킨다. 4B 연필로 그은 밑줄, 여백에 적어둔 메모까지 모두 그대로다.

시작이 두려울 때면 용기를 건네는 문장이 많은 책을 펼친다. 혼자서 '시작해야지'라고 다짐하는 것과, 다른 이가 써놓은 '그럼에도 계속하라'는 문장을 읽는 건 효과가 다르다. 실패하고 다시 일어선 누군가의 말이다. 든든한 가이드가 옆에 딱 붙어서 손을 잡아주는 기분이다.

책을 쓰는 동안에는 아침마다 '용기를 주는 책탑' 가장 위에 있는 에릭 케셀스의 『실패했다!FAILED IT!』를 자주 펼쳐봤다. 이 책은 마음껏 망치고 매일 실수하라고 말한다. 실패는 밑그림일 뿐이니 그 안에서 피어나는 창조성을 즐기는 것이다. 스콧 애덤스의 『더 시스템』도 자주 본다. 이 책에는 직장 생활을 하고 사업에 도전하며 겪은 실패담이 가득 적혀 있다. 그렇게 많은 실패를 겪고도 결국 만화가로 성공해 수십 년을 유명한 작가로 살아온 이야기는 귀감이 된다. '그래, 실패해도 하자! 내가 이 사람보다 덜 실패했잖아?' 이렇게 생각하면 두려움이 금세 사그라든다.

책은 안전띠다. 뭉게뭉게 피어오르는 걱정이 더 커지지 않도록 나를 딱 조여준다. 무엇보다 외롭지 않다. 어떤 시대, 어떤 곳에 살았든 작가들은 모두 나의 든든한 응원단이 되어준다.

## 타이머로
## 나에게 끝을 알려준다

끝을 가늠하기 어려우면 시작이 머뭇거려진다. 무조건 바다를 건너야 하는데 어디서 끝날지, 언제 빠져나올 수 있을지 알 수 없는 막막함과 비슷하다. 그러면 바다에 들어가고 싶을 리가 없다. '힘든 상태'가 영원할 거라는 착각이다.

나는 할 일 앞에서 자주 타이머를 켠다. 끝나는 지점을 내게 미리 알려주기 위해서다. 타이머를 켜면 끝없이 펼쳐진 시간 위에 시작점과 끝점이 만들어진다. 보통 60분이나 90분을 쓰는데, 너무 짧지도 길지도 않아 몰입하기 딱 좋은 시간이다.

시작 버튼을 누르기 전에는 이렇게 생각한다. '이 시간만 지나면 안 해도 되는 거잖아?' 타이머가 '0:00'이 되면 이 일에서 빠져나올 수 있다는 사실이 마음을 가볍게 한다. 행동하는 나, 줄어드는 숫자, 그리고 눈앞의 일. 세상에 이 세 가지만 존재하는 감각을 즐긴다. 어차피 몇 분 뒤면 이 몰입의 바다에서 빠져나올 걸 아니까 있는 힘껏 발을 담글 수 있다. 타이머로 끝이 보이는 시작을 만들어보자.


## 하루가 시작될 때
## 꼭 해야 할 일부터 해낸다

해야 할 일은 자주 접해야 한다. 그러지 않으면 막연함은 커지고 겁이 나서 애써 만든 결과마저 작아 보인다. 이런 초라함을 마주할 바엔 차라리 그냥 시작하는 게 낫다.

오늘은 일어나자마자 한 시간 동안 원고를 썼다. 책을 쓰는 게 일과 중 가장 큰 일이기 때문에, 이 거대한 산을 먼저 넘고 하루를 시작하기 위해서다. 일기는 몇 년째 아침에 쓰는 것이 고정 루틴이다. 덕분에 일기 쓰는 일은 숨 쉬듯 자연스럽다. 요즘은 달리기를 삶에 들이고 싶어 눈을 뜨자마자 옷을 입고 공원으로 향한다. 다 뛰고 난 뒤 시원한 커피를 한 잔 마시고 있으면 삶을 새로 부여받은 듯 상쾌해진다.

아침은 하루의 뼈대를 세우기에 좋은 시간대이다. 조금만 일찍 일어나면 시간을 확보할 수 있고, 피곤해서 미루거나 약속 때문에 해야 할 일이 우선순위에서 밀려날 가능성도 낮다. 그래서 꾸준히 반복하고 싶은 일을 하루의 가장 앞에 둔다. 좋고 싫고를 따질 틈을 주지 않는다. 하기 싫다는 생각이 들기도 전에 눈을 비비며 그냥 시작한다. 아침에 무조건 해야 할 일을 하기로 정했으니 자주 접할 수 밖에 없다.

하루의 시작에 나 자신을 이겨내고 출발한다. 뒤이어 오는 모든 일들을 잘 해낼 수 있을 것 같은 기분이다. 이 과정을 반복하면 나는 어떤 사람이 될까. 매일 힘차게 떠오르는 아침 해는 나의 시작 스위치가 된다.

# 무아지경의 기쁨

두렵고 귀찮지만 막상 들어간다면

영화 〈소울〉 주인공은 재즈 피아니스트를 꿈꾸는 중학교 기간제 음악 교사다. 주인공은 어느 날 유명 재즈 뮤지션과 함께 연주할 꿈만 같은 기회를 얻지만, 갑작스러운 사고로 죽음과 마주한다. 사후 세계에서 가까스로 도망친 그는 아직 태어나지 않은 꼬마 영혼의 멘토가 되어 삶의 소중함을 느낀다. 이 영화에서 내가 특히 좋아하는 장면은 주인공이 무아지경으로 피아노를 치는 장면이다. 그는 공연 기회를 얻기 위해 유명한 뮤지션 앞에서 테스트 연주를 선보이는데, 주변의 시선과 공간을 잊고 연주에 푹 빠져든다. 주변이 모두 어두워지고 오직 피아노와 주인공만 존재하는 연출이 펼쳐지는데 '몰입'의 순간을 시각화한다면 바로 이런 모습이지 않을까 싶다.

## 하고 있어야
## 남이 안 보여

무아지경(無我之境)의 사전적 정의는 '정신이 한곳에 온통 쏠려 스스로를 잊고 있는 경지'다. 몰입하고 있는 대상, 그것에만 온 마음과 정신이 집중되어 있는 순간을 말한다. 자신을 잊는데 남이 보일 리가 없다. 잡념도 사라진다.

몰입의 순간에는 주변에 누가 있는지, 함께 달리는 사람이 얼마나 많은지, 혹은 그들이 얼마나 앞섰는지 중요하지 않다. 내가 달리는 트랙의 끝을 향해 나아가기에도 바쁘기 때문이다. 여기서 중요한 사실은, 내가 무언가를 '하고 있어야만' 비로소 남이 보이지 않는다는 점이다.

남이 보인다는 건, 그만큼 타인을 신경 쓸 틈이 있다는 뜻이기도 하다. 내가 멈춰 있으면 타인이 내디딘 작은 한 걸음조차 나를 앞질러 가는 것처럼 느껴지기도 한다. 사실은 그리 큰 차이가 아닌데도, 내가 하지 못하는 일을 해내는 그들이 마냥 대단해 보인다. 그러나 타인의 성공이 곧 나의 실패를 의미하는 것은 아니다. 타인이 잘될 때 나도 함께 잘될 수 있다. 하지만 내가 아무것도 하고 있지 않으면, 타인의 성공은 곧 나의 뒤

처짐으로 해석되고 만다. 이런 비교에 에너지를 쏟는 것은 삶에 일절 도움이 되지 않는다. 남을 보며 흔들릴 에너지를 거두어 내 트랙을 달리는 데 써야 한다.

몰입의 순간으로 뛰어들면 군더더기가 사라진다. 두려웠던 마음도, 남을 신경 쓰던 마음도 눈 녹듯 사라진다. 그 어떤 생각도 없이, 말 그대로 내가 없는 무아(無我)의 상태로 진입한다.

행동에 들어가기 전까지가 매번 문제다. 몰입의 상태로 들어가면 마음이 편안해질 걸 알면서도, 시작할 때 두렵고 귀찮은 마음에 가로막힌다. 스스로에게 끊임없이 되새겨야 한다. '하는 상태' 속에서 느끼는 편안함이, 두려운 상태로 타인을 비교하고 쳐다보기만 하는 것보다 훨씬 값지다는 것을. 무아지경의 기쁨과 편안함으로 들어서기 위해, 오늘도 눈 딱 감고 출발선을 넘어본다.

# 마음 돌봄 노트

이제는 압니다. 결과와 상관없이 무언가를 해나가는 모든 과정이 나를 만드는 소중한 경험으로 남는다는 것을요. 지금껏 마음속에만 담아두었던 그 일을 꺼내, 딱 한 걸음만 내디뎌 보세요.

**Q. 절대 실패가 없다고 가정한다면 도전하고 싶은 목표, 그리고 그 목표를 이루기 위해 '오늘 딱 5분 동안' 할 수 있는 행동은 무엇이 있을까요?**

**Q. 그 행동을 앞으로 계속한다면, 나의 삶에 어떤 변화가 일어날까요?**

꾸준함을 기르는 일

# 행위의 본질에 머물러 있기

왜 이렇게까지

새벽에 일어나려고 해?

행위의 본질에 머물러 있기

자기계발 중독자에게 새벽 기상은 '성실'의 상징과도 같다. 새벽 6시 전에는 일어나야 열심히 사는 거라고 철석같이 믿었다. 하지만 피곤에 절어 하루를 몇 번이나 망치고 나서야 깨달았다. 알맹이 없는 겉치레였다는 사실을.

새벽 기상의 본질은 하루의 주도권을 쥐는 것에 있다. 일찍 일어나면 모든 일과가 시작되기 전에 내가 하고 싶은 일을 하고, 하루를 어떻게 보낼지 그려볼 수 있다. 반드시 꼭두새벽에 일어나지 않아도 된다. 하고 싶은 일을 원하는 만큼 할 수 있을 정도로만 일찍 일어나면 충분하다. 평소보다 한 시간만 일찍 일어나도 되고, 유독 피곤한 날은 컨디션을 위해 다른 날보다 새벽 시간을 더 짧게 보내도 된다. 기상 시각 자체에 목숨 걸지 않아도 된다는 뜻이다.

새벽에 일찍 일어나서 멋진 게 아니라, 깨어 있는 시간 동안 자신이 살고 싶은 대로 사니까 멋진 것이다. 깨어 있는 내내 피곤해하며 부정적인 기운을 뿜어내는 사람이 되고 싶지 않다.

## 숫자와 인증의
## 덫에 갇히다

성공한 사업가나 크리에이터들의 모습을 동경했다. 그들 중에도 새벽에 일어나는 사람이 많았다. 수많은 자기계발서들도 약속이나 한 듯 똑같은 조언을 건넸다. '새벽에 일어나 자신의 시간을 가지라.' 그러다 보니 어느새 '새벽 기상' 네 글자가 성공의 절대 공식처럼 머리에 박혀버렸다. 늦잠을 자고 게으르게 하루를 시작하면 삶에 열정이 없는 사람이라고 여겼다. 몇만 원의 돈을 내고 기상 인증 모임에 참여할 만큼, 나는 새벽 기상을 습관으로 만들고 싶었다.

하지만 동경하는 마음과 달리, 새벽에 일어나도 줄곧 책상에 엎드려 있거나 다시 잠들기 일쑤였다. 그것도 아주 불편한 자세로. 인증은 이미 마쳤으니 마음은 해이해졌고, 시간이 흐를수록 '왜' 새벽에 깨어 있으려 했는지는 잊었다. 오히려 기상 습관을 만들기 위한 수단이었던 인증이 점점 목적 그 자체가 되었다. 전날 늦게 잤어도, 피로가 머리끝까지 차오른 날에도 맹목적으로 사진을 찍기 위해 일어났다. 인증 하나를 남기면 내가 잘 살고 있다고 느껴졌다.

꽤 오랫동안 새벽 기상을 했지만 정작 바뀐 것은 없었다. 일어나서 졸기만 했으니 당연한 결과였다. 어쩌다 깨어 있는 날에도 완전히 제정신은 아니었다. 일기장에는 피곤하다는 말을 연신 쏟아냈고, 책을 읽어도 무슨 내용인지 파악하지 못한 채 손가락으로 종이만 넘길 뿐이었다. 새벽마다 내가 얻은 것이라곤 사진을 찍고 인증할 때 느낀 3초간의 짧은 성취감, 그리고 해소되지 않은 만성 피로뿐이었다.

나는 '새벽 기상을 하는 나'라는 이미지에 취해 있었다. 기상 시각이라는 숫자만 바라보며 꾸역꾸역 마주한 새벽 시간에 정작 그 어떤 변화도 일으키지 못했다. 허공에 발길질을 하는 기분이었다.

## 이 행위를 왜 하는가

'왜 이렇게까지 새벽에 일어나려고 해?' 내게 솔직하게 물었다. 왜 그리도 새벽을 사수하고 싶었을까? 비몽사몽 상태로 책을 읽기 위해 일찍 일어나는 건 절대 아니다. 인증 사진을 찍어 벌금을 내지 않기 위해서도 아니다.

나는 그저 주어진 24시간을 더 알차게 쓰고 싶었다. 일정에 끌려가는 게 아니라, 주어진 시간 속에 일정을 직접 배치하고 싶었다. 아무리 바빠도 하루 중 나를 챙기는 시간을 만들며 살고 싶었다. 새벽은 내가 조금 일찍 일어나기만 하면 시간을 자유롭게 활용할 수 있다.

'하루 중 나를 위한 시간을 규칙적으로 확보하는 것.' 새벽 시간이 필요한 이유다. 그러자 유연함이 생겼다. 기상 시각에 연연하지 않았다. 대신 일과를 시작하기 전 꼭 해야 할 행동만 정하고, 그 행동을 마칠 수 있을 만큼만 일찍 일어났다. 재택근무를 하는 날은 좀 더 늦게 일어나고, 출근하는 날은 조금 더 일찍 일어났다. 주말에는 푹 자기도 했다. 기상 시각은 달라져도 일어나서 하는 일은 매일 같았다. 이렇게 유연함을 장착하자 아침 루틴이 지속 가능해졌다. 하고 싶은 일을 꾸준히 반복하는 게 수월해졌다. 무엇보다 억지로 눈을 뜨던 아침이 기다려지기 시작했다. 인증에 매달릴 때보다 아침 시간이 즐거웠다. 하고 싶은 일이 많아지니 일찍 일어나는 날도 자연스레 늘어났다.

오랫동안 반복해야 하는 일일수록 본질이 중심에 서 있어야 한다. 그렇지 않으면 반복하고 있는 행위의 목적을 잃고, 몸이 힘들 때마다 지쳤다는 이유로 금세 포기하게 된다. 끝까지 해나가야 할 이유가 마음의 중심에 서 있지 않기 때문이다. 내가 하는 일의 본질이 무엇인지 알면 행위의 반복에 의미가 깃든다. 그리고 한 걸음 한 걸음 제대로 내딛는 기분이 든다. 뿌리가 단단하니 쉽게 흔들리지 않고, 설령 헤매더라도 더 나은 방법을 찾아 나선다. 행위의 본질에 닿아 있는 사람은 그래서 유연하지만, 굳건하다.

# 쉽게, 쉽게, 쉽게

가장 중요한 것만 남기고 버린다

"어떻게 그렇게 글을 꾸준히 쓰시나요?"

블로그를 운영하며 가장 많이 받는 질문이다. 나의 대답은 이렇다. '어려운 일이 아니어서.' 매일 블로그에 글을 쓰고 올리지만 이 일이 힘들다고 생각한 적은 없다. 왜냐하면 해낼 수 있을 만큼만 하기 때문이다. 내가 쓰는 글은 일과를 시작하기 전 30분 내외로 업로드까지 마무리 지을 수 있는 짧은 분량이다. 힘든 날엔 세 줄만 적는다. 아침에 쓰기 싫은 날엔 하루 중 아무 때나 적는다. 긴 글을 쓸 수 있을 만큼 시간이 넉넉한 날도 오래 앉아 있지 않는다. 내일도 써야 할 나를 위해 오늘의 에너지를 아낀다. 덕분에 매일 글을 쓸 수 있었다.

꾸준함의 다른 말은 하고, 하고, 하고, 또 하는 것이다. 쉽게 할 수 있으면 반복에 지치지 않는다.

## 가장 중요한 것만
## 남기고 버린다

자취를 시작하면 내가 요리를 자주 해 먹는 사람이 될 줄 알았다. 그런데 웬걸, 그런 날은 손에 꼽았다. 일을 하면서 밥까지 차려먹는 건 무척이나 어려운 일이었다. 그러나 매일 이렇게 밥을 사 먹다간 월급의 반이 식비로 나갈 지경이었다. 직접 밥을 해 먹기로 결심했다. 먹고 싶은 메뉴를 정하고 새벽배송으로 장을 봤다. 한 끼를 만드는 데 정성을 쏟았다. 식재료를 주방에 쫙 펼쳐놓고, 레시피 영상을 보고 따라 했다. 조리 과정이 복잡했다. 한 끼를 차리는 데 시간이 왜 이리 오래 걸리는지, 며칠 했더니 밥 먹는 게 큰일이 됐다. 차라리 건강식을 사 먹는 게 낫겠단 생각이 든다. 결국 요리와 또 멀어진다. 오래 걸려도 내가 한 집밥이 맛있는데……. 어떻게 하면 집에서 밥을 계속 해 먹을 수 있을까? 정답은 하나였다. 과정을 쉽게 만들고 화려한 요리에 욕심내지 않는 것이다.

이제 내가 요리를 대하는 태도는 '쉽고 간단하게'이다. 요리 크리에이터가 되는 게 꿈은 아니니까. 요리를 하는 목적부터 바로 세웠다. 나의 목적은 식습관과 생활 패턴을 바로잡고,

건강하게 차려 먹어 몸과 마음을 가꾸는 것이다. 겉보기에 멋진 것은 우선순위가 아니었다. 요리를 계속하기 위해서는 과정을 쉽게 만들어야 했다. 예를 들면 이렇다.

첫 번째. 양배추, 버섯, 계란, 닭가슴살처럼 여러 요리에 쓰일 수 있는 핵심 재료들을 집에 구비해 뒀다. 너무 많은 재료를 사두지 않고 몇 개의 재료를 돌려먹는다. 두 번째. 간단한 요리법을 몇 번 반복해 몸에 익혀둔다. 다른 일을 하면서도 완성할 할 수 있는 찜 요리나, 5분 안에 끝나는 볶음 요리 레시피를 외웠다. 여기에 약간의 소스로만 맛을 더해 '조리' 수준의 요리를 한다.

이런 식으로 몇 가지 틀을 정해두었더니 요리가 훨씬 쉬워졌다. 재료나 소스를 약간씩 변형해 맛을 다양하게 바꿔봤다. 해 먹는 횟수가 점점 늘었다. 어느새 요리는 내 생활의 일부가 되었다. 가장 중요한 건 그저 스스로 식사를 챙겨 몸을 챙긴다는 사실이다. 그 외의 것들은 중요하지 않았다. 너무 많은 것을 고려하거나 손에 쥐려고 하면 이어갈 힘이 생기지 않는다. 꾸준히 하려면, 가장 중요한 것만 남기고 버릴 줄도 알아야 한다.

## '깔짝' 해도 괜찮다

너무 하기 싫은 일을 시작하기 전에 나는 속으로 이렇게 말한다. "깔짝만 하자!" 한 번에 다 해야 한다는 생각에 손도 못 대고 포기했던 일들이 지금껏 얼마나 많았던가.

'깔짝'은 마법의 단어다. 운동을 갈 때 '그냥 20분만 쓱 하고 오자' 마음먹는다. 헬스장 가는 마음이 가벼워졌다. 부담이 없으니 재미가 붙었고, 다 끝나니 내일 또 하고 싶다는 의욕까지 생겼다. 집안일도 마찬가지. 지나다니며 눈에 보이는 것들만 깔짝깔짝 정리했더니, 어느새 가구 위 물건들이 사라지고 집 안에 여백이 생겨났다. 그토록 챙겨 마시기 어려웠던 물도 깔짝깔짝 마시니 하루에 2리터 마시는 게 거뜬했다.

힘을 주는 게 반드시 좋은 결과로 이어지는 건 아니다. 결국 중요한 건 행동을 했느냐 하지 않았느냐 뿐이다. 낙숫물이 바위를 뚫는다고 하지 않는가. 한 방울씩 오랫동안 떨어지는 작은 물방울이 결국 바위에 구멍을 낸다. 쉽게, 단순하게 그렇지만 계속 하면 된다. 쉽게 하고 싶으면? '깔짝'을 외치자. 이 자세로 오늘도 살아내려 한다. 설렁설렁 재미있게 깔짝. 나를 놓치지만 말자. 무엇이든 손에 쥐게 될 테니.

# 365일 똑같을 거란 환상을 버린다

포기는 어디에서 시작되는가?

꾸준함을 기르려면 매일 일정량을 똑같이 해내야 한다고 착각했다. 굉장한 오해였다. 그러다 포기하는 것보다 아주 조금이라도 해서 기어가는 게 낫다. 그러나 매일 1을 무조건 채워야 하는 사람에겐 0.3은 실패가 된다. 포기는 여기서부터 시작된다. 매일을 똑같이 살지 않아도 꾸준한 사람이 될 수 있다. 내가 365일 똑같을 거란 환상에서 벗어나기만 한다면.

## 궤도 이탈 방지 선언

두꺼운 벽돌 책을 읽거나 영어 회화 책 한 권을 마스터하겠다며 첫 장을 호기롭게 펼친 적이 여러 번이다. 그때마다 매번 같은 패턴이었다. 두세 달에 걸쳐 완독하는 계획을 세운다. 매일 소화해야 할 책 분량을 1/n로 나눈다. 몇 달 뒤에 달라져 있을 나를 상상한다. 1일 차를 시작한다. 오늘의 분량을 지키고 달력에 체크한다. 며칠이 지난다. 다른 일이 더 중요하게 느껴진다. 피곤하니 귀찮은 마음이 든다. 책을 펼치는 날이 줄어든다. 책을 어디 뒀는지조차 기억나지 않는다. 어느 날 방 한구석에서 책이 나온다. 오랜만에 책을 다시 펼친다. 여전히 앞부분만 손때가 가득하다. 뒷부분은 새 책과 다름없다.

앞쪽만 손때 묻은 책이 된 이유는 매일 정한 분량을 지키지 못했을 때 아예 포기하고 외면해 버려서다. 어떤 날은 하루치 분량을 끝내기가 죽어도 힘든 날이 있고, 어떤 날은 며칠 분량을 몰아서 해도 거뜬하다. 완벽주의 때문에 이렇게 오락가락하는 나를 받아들이지 못했다. 매일 내가 똑같지 않다는 사실을 이해할 수 없었던 거다. 그러고는 습관의 궤도 바깥으로 아예 이탈했다. 못하는 나를 보기가 싫어 그냥 도망쳐 버린 것이다. 누군가 꾸준히 도전하고 있는 모습을 보면 부러운 마음에 못 본 척한다. 나의 초라함이 더 선명해진다. 한참이 지나 절망과 부끄러움이 잊힐 때쯤 다시 시작할 용기가 생긴다. 또 첫 페이지다. 다시 돌아오니 힘들다. 그렇다고 아예 놓아버리기엔 찝찝하다. 책을 볼 때마다 마음의 짐이 쌓인다. 결국, 다시 처음 하는 사람처럼 삐걱거리며 힘겹게 시작한다.

지겨웠다. 후회의 내용이 같았기 때문이다. '피곤한 날 욕심내지 말고 한 줄이라도 볼걸.' '완벽하려 하지 말고 그냥 할걸.' 후회의 내용은 늘 '할걸'로 끝이 났다. 조금이라도 매일 했으면 이렇게 다시 시작하기가 어렵진 않았을 거다.

꾸준함이란 매일 일정량을, 1/n씩 나눠서, 기계처럼 해내는 게 아니다. 하고 있는 상태 안에 머물러 있는 태도다. 그 양이 일정하지 않아도, 어느 날은 죽도록 하기 힘들어도, 또 하다 보면 술술 잘해내는 날이 찾아온다.


## 현타 구간에
## 절대 쫄지 말 것

열심히 하다가도 갑자기 '이게 다 뭐하는 짓인가'라며 힘이 쫙 풀리는 순간이 찾아오기도 한다. 흔히들 말하는 '현타'가 오는 구간이다. 필연적이다. 매일 나의 상태가 늘 똑같아야 한다고 가정하면 이 현타 구간을 통과할 수 없다.

능력치가 1부터 10까지 올라가는 여정에 있다고 해보자. 현재는 5 수준까지 올라왔는데, 그만큼 성장해 본 경험이 별로 없다면 스스로를 아직 3 수준에 머물러 있다고 여기며 낮

취 본다. 그렇게 자신의 수준을 낮게 평가하다가 변화의 속도가 느린 것 같아 방법을 의심하고, 계속할 동력을 잃는다면? 결국 행동을 일시 정지하고 만다. 무서운 점은 이때 멈추면 아예 시작도 안 했을 때보다 더 큰 수렁에 빠지는 기분이 든다는 것이다. 이것이 내가 말하고 싶은 '현타 구간'이다.

만약 계속했으면 '5 정도까지 올라왔구나' 느낄 기회가 생기는데, 겁먹고 멈추면 진짜로 5에서 3으로 능력치가 줄어 '거봐, 나는 원래 이래'라며 이상한 자기 증명을 해버리는 꼴이 되기도 한다. 가끔씩 찾아오는 이 현타 구간은 나를 나아가지 못하게 만드는 함정이다. 이 함정에 쫄지 않고, 계속 나아가야 한다.

나의 상태가 365일 똑같아야 한다는 환상에서 벗어날 것, 흐름 안에 머물 것. 꾸준함은 매일 똑같은 상태, 똑같은 결과를 내는 게 아니다. 생활의 경향이자 흐름이다.

# 몸을 다스려 흔들림의 진폭을 최소화한다

일정한 상태를 유지할 때

일어나는 선순환

　　매일 몸을 다스린다. 창문에서 불어오는 찬바람에 의욕
이 죽고, 환하게 비추는 햇살에 기운이 솟는 게 사람이다. 나
아닌 무언가에 잘도 휘청거린다. 이런 휘청거림에도 아랑곳하
지 않고, 몸과 마음을 일정한 상태를 유지할 수 있을 때 뭐든
꾸준히 할 수 있는 사람이 된다. 일정한 상태를 유지하려면 외
부에서 전해지는 흔들림을 흡수하고 통제할 줄 알아야 한다.
감정과 기분이 변화하는 진폭이 크지 않고 매일 비슷한 양의
의욕을 만들 수 있어야 한다.

　　내면의 상태를 일정하게 유지하기 위해서는 먼저 육체
가 온전해야 한다. 육체는 정신을 담는 그릇이기 때문이다. 쾌
적한 상태의 몸을 유지할수록 기복 없는 사람이 된다. 생각해
보자. 많이 먹고 적게 잔 다음 날에는 의지가 금방 사라지며 달
달한 음식을 먹고 나면 얼른 자고 싶다는 생각만 든다. 몸과 정
신은 연결되어 있다. 결심을 행동으로 옮기고, 뭐든 꾸준히 하
려면 건강한 신체가 필요하다.

●

## 결국,
## 살아내는 건 몸

몸과 마음, 뭐가 먼저랄 것도 없이 둘은 이어져 있다. 순환하는 관계다. 정신만 돌보는 건 반쪽짜리 성장이다. 아무리 책을 읽고, 글을 쓰고, 사유하고, 지적 수준을 높인다고 해도 몸이 아프면 다 소용없다. 환한 대낮에 지금이 꿈인지 현실인지 모를 만큼 몽롱하고, 몸이 퉁퉁 부어 무겁다면 정신을 아무리 가꾸어도 사는 게 만족스럽지 않을 것이다. 허리 치료를 위해 3개월 동안 누워만 있으며 배웠다. 몸이 아프면 아무리 좋은 생각을 머리에 집어넣어도 그 생각이 현실에 뿌리내리지 못한다.

산다는 건 곧 몸을 움직이는 것이다. 육체는 내면을 표출한다. 다짐한 것을 몸이 해내고, 마음도 몸이 표현한다. 건강하지 못하면 정신이 아무리 명령을 내려도 제대로 움직일 수 없다. 내가 부여받은 육체는 평생 오직 하나뿐이다. 게다가 누구도 대신 돌봐주지 않는다. 스스로 몸을 다스리는 건 성장하고자 하는 사람들의 의무이자 책임이다.

몸과 정신의 건강한 순환을 만들고 싶다면 먼저 몸부터

시작하는 편이 더 수월하다. 몸은 감각을 통해 즉각적으로 반응하기 때문이다. 운동을 하면 땀이 나고 개운한 기분이 든다. 마사지를 하면 머리가 맑아지고 온몸이 이완된다. 하루 종일 신선한 음식을 먹으면 다음날 바로 몸이 가벼워진다. 몸은 인풋을 넣으면 아웃풋이 빠르다.

반면, 정신의 변화는 상대적으로 느리다. 오늘 한 문장을 읽었거나 글을 썼다고 해서 신체만큼 에너지가 즉각 늘어나지는 않는다. 내면의 변화에는 시간이 필요하다.

그러니 보이는 것부터 시작해야 한다. 보이고 만져지는 몸부터 가꾸고 다스린다. 흐르는 물에 몸을 잘 씻고, 잘 먹이고, 좋은 것을 발라주고, 따뜻하게 해주고, 지쳐 있을 땐 푹 쉬게 하자. 여기서 중요한 것은 사랑하는 사람을 돌보듯 몸을 돌봐야 한다는 점이다. 몸으로 사랑을 느끼기 시작하면 내면도 변한다. 이게 나를 돌보고 챙기는 것임을 깨닫는다. 정서가 안정되기 시작하면서 감정 기복이 줄어들고 행동하기도 쉬워진다.

## 하나. 먹는 것의 성질은 그대로 내가 된다

일정한 상태를 유지하려면 평소 먹는 음식을 관리하는 것도 중요하다. 식사부터 바로잡아 보자. 음식은 삶과 직결된다. 먹어야 생활을 할 수 있고 몸도 움직일 수 있다. 빵, 면, 떡볶이, 튀김을 한가득 먹으면 당연히 먹을 때는 기분이 좋다. 그러나 배부르게 먹고 난 후 느껴지는 더부룩함은 곧바로 감각을 둔하고 불쾌하게 만든다.

먹는 것의 성질은 나에게로 되돌아오기 마련이다. 육체와 정신을 짧은 시간 안에 재정비하고 싶다면 내가 원하는 모습과 비슷한 성질의 것을 먹자. 단순해지고 싶으면 담백하고 정갈한 음식을 먹으면 된다. 맑은 상태로 살고 싶으면 맑은 성질의 음식을 먹으면 된다. 탁한 음식을 마구 먹을 때는 정신도 흐리다. 천 가지 색깔이 섞인 도화지 위에는 줄 하나를 새로 그려도 티가 나지 않지만, 깨끗한 흰색 도화지 위에는 단 한 개의 점만 있어도 잘 보인다. 담백하고 심심한 음식을 먹으면 내가 깨끗한 도화지가 되어가는 느낌이다. 정신이 대체로 명료하고 무엇인지 잘 보여서 얼룩이 생겨도 쉽게 지울 수 있다. 식사량은 평소보다 줄이고, 하루에 먹는 가짓수를 적게, 성질은 담백하게 하면 탁해진 육체와 정신이 정화된다.

식사가 사람의 감정, 삶과 연결되어 있다는 것을 깨달은 건 20대 초반이었다. 음식으로 스트레스를 풀거나 감정의 허기를 달래곤 했다. 음식이 만든 감정 롤러코스터에서 쉽게 벗어나지 못했다. 달콤하고 자극적인 맛으로 쾌락을 느끼고 밀려오는 허탈함과 죄책감에 절망에 빠져 있기를 반복했다. 그 굴레 있던 갇혀 있던 시간이 참 아깝다. 다른 무언가에 열정을 쏟아도 모자란 나이가 아닌가. 식습관을 바로잡지 못해 몸과 정신이 흔들렸고, 오르락내리락하는 컨디션에 뭐든 꾸준히 해내지 못했다. 겨우 음식 때문에.

음식은 삶의 목적이 아니라 도구다. 나를 건강하게 만들어주는 영양분이다. 음식으로 마음의 허기를 채우거나, 먹는 행위를 위로의 수단으로 삼으면 도구가 목적이 된다. 주객전도다. 수단이 내 삶을 휘두르는 게 얼마나 허무한가.

음식을 목적으로 살지 않으려면 어떻게 해야 할까? 오직 먹음으로써 위로받는 생활에서 벗어나야 한다. 마음이 행복한 사람은 음식의 맛을 즐기되 음식을 지나치게 탐하지 않는다. 음식을 탐하는 마음이 커지는 것을 하나의 신호로 여겨보자. 요즘 내가 공허하거나 변화가 필요하다는 신호다. 마음이 허할수록 즉각적인 즐거움을 얻을 수 있는 음식에 손이 간다. 이런 상태가 오기 전에 신호를 알아차려 마음에 안전띠를 채워야 한다.

먹는 것 이외의 자기 돌봄 수단도 갖추면 좋다. 운동에서 쾌감을 느끼거나, 글을 쓰고 명상을 하면서 자신의 마음을 보듬어주거나, 손으로 하는 소소한 취미로 감정을 다스려도 좋다. 또한 식생활을 한 차례 리셋하는 시기를 며칠간 가져보는 것도 추천한다. 일정하게 먹고, 자극적이지 않게 먹으며, 건강한 음식을 먹는 데 익숙해지면 충동이 줄어든다.

『절제의 성공학』의 저자 미즈노 남보쿠는 책에서 식사와 성공의 관계를 말한다. 그는 자극적이지 않은 음식을 규칙적으로 소식하는 것이 마음에 안정을 주며, 흔들리지 않게 하는 방법이라고 전한다. 하지만 이렇게 먹는 사람이 드물기 때문에 이 방법에 성공한 사람은 적다고 말한다. 음식으로 인한 기분 변화를 최소화하는 것, 매일 먹는 음식을 절제하는 것. 꾸준한 사람이 되기 위한 기초 작업이다.

## 둘. 수면 시간을 확보한 뒤 나머지 생활을 배치한다

원 모양의 방학 계획표를 그린 기억이 누구나 한 번쯤 있을 것이다. 내가 계획표를 그리는 순서는 매번 똑같았다. 자는 시간을 먼저 크게 그려두고, 나머지 시간에 무엇을 할지 계획을 세우곤 했다. 물론 그 계획표는 방학을 맞이하는 의식에 불과했지만, 어쨌든 잠을 줄여야겠다고 생각하진 않았다. 그런데 이상하게도 어른이 되고 나서 잠은 늘 후순위였다. 해야 할 일과 하고 싶은 일, 각종 즐길 거리까지 다 끼워 넣고 나서 남은 시간에 겨우 눈을 붙였다. 늘 피곤했음에도 말이다.

어른이 되면 잠에 대해 잔소리하는 사람이 없다. 밤마다 더 재미있어지는 스마트폰도 있다. 하지만 잠을 적게 잔 날마다 문제가 생겼다. 돈을 아끼기로 했는데 계획하지 않았던 곳에 돈을 썼고, 일을 빨리하고 싶어도 몸이 안 따라줘 효율이 떨어졌고, 건강하게 먹기로 해도 유독 자극적인 음식이 당겼다. 통제 불가능한 개구쟁이가 몸속에서 날뛰는 것 같았다. 아무리 멋진 생각, 멋진 태도를 갖고 있어도 수면이 흔들리면 모든 다짐이 무용지물이 되고 신기루처럼 사라진다.

총명한 정신과 쾌적한 몸. 이 두 가지가 없으면 전쟁터에 무기 없이 나가는 것과 같다. 정신과 몸의 가장 깊은 뿌리에는 숙면이 있다. 하루 종일 나를 굳건하게, 콘크리트처럼 단단하게 만들어주는 묘약이다. 잘 자고 일어난 날의 씩씩한 나는 참 든든하다.

혹여 숙면을 취하지 못해 몽롱하게 하루를 보냈더라도 자신을 너무 미워하지 말자. 잠을 못 자서 또 다른 내가 잠시 튀어나온 것뿐이다. 이럴 땐 단순하게 생각해야 한다. 잠을 못 잤으니 내 상태가 이런 건 당연하다. '오늘 왜 이러지?' 자책하기보다, 오늘 밤 푹 자고 내일 기분 좋게 일어나면 그만이다. 그렇게 조금씩 잠을 최우선으로 하는 생활을 만들어가면 된다.


## 셋. 운동을 일상에 가볍게 들인다

하루 중 가장 내가 예뻐 보이는 시간은 헬스장에서 운동을 마치고 스트레칭 공간에서 몸을 풀 때다. 볼은 빨갛게 되고 머리는 헝클어져 있지만, 아무도 시키지 않은 운동을 하러 와 이렇게 땀을 흘린 내가 예쁘다. 이런 만족감이 쌓여갈수록 스스로를 좋아하게 되고 운동하는 생활이 즐거워진다.

운동만큼 자신감이 급속도로 충전되는 일도 없다. 운동은 하면 '무조건' 힘들어진다는 것을 알면서도 몸을 이끌고 나가는 일이다. 그러니 목표치를 딱 해내면 그 양이 작더라도 이 힘든 일을 해낸 내가 자랑스러워진다.

나는 자아상을 바꾸기 위해 운동을 한다. 일과에 운동을 끼워 넣는 게 쉬운 일은 아니지만, 하기 싫은 마음을 이겨내고 몸을 움직인다는 것만으로도 나를 보는 시선이 달라진다. '마음을 먹으면 무엇이든 할 수 있는 사람'이라는 인식이 생겼다. 스스로를 스트레스를 관리할 수 있는 사람이라고 믿게 된다.

욕심부리지 않고 마음을 가볍게 먹고 운동을 시작하려 한다. 하나도 안 하는 것보단 10분이라도 하는 편이 낫다고 생각한다. '깔짝'이란 구호를 가장 많이 외칠 때가 운동하러 가기 직전이다. 난 운동선수가 되려는 게 아니다. 게다가 세상에 단 하루도 운동하지 않는 사람이 얼마나 많은가. 그러니 운동을 하기만 해도 자신을 대견하다고 칭찬해주자. 아무도 시키지 않았는데 스스로 움직여 땀을 흘리는 나를 자랑스러워하는 것이다.

운동은 일상의 건강한 도피처가 되어줬다. 일을 하며 스트레스를 많이 받은 날은 그렇게 가기 귀찮았던 헬스장에 얼른 가고 싶기도 했다. 숨이 차도록 몸을 움직이고, 땀을 흘리기 시작하면 몸 안에 고여 있던 생각이 흐르고 배출된다. 규칙적인 운동을 통해 몸과 마음의 묵은 때를 자주 벗겨내었고, 맑은 시선으로 나를 바라볼 수 있었다. 그 맑음을 느끼기 위해 내일도 운동화를 신을 것이다.

## 마음이 시무룩할 때는
## 체력 탓을 하자

몸을 다스릴 때 도움이 되는 생각법이 있다. 바로 모든 힘든 상황에 '체력 탓'을 하는 것이다. 예를 들면 '체력이 떨어져 힘들어서 많이 먹는 것이고, 휴대폰을 많이 보고, 인내심이 부족한 것'이라고 생각하는 식이다. 이 관점은 모든 자책과 비판, 내면의 부정적 목소리를 잠재운다.

모든 게 체력이 부족해서 그런 거니까 오늘 밤에는 조금이라도 더 일찍 자려 하고, 운동 시간을 확보하고, 조금이라도 좋은 것을 먹자고 다짐하게 된다. 모든 상황에서 체력을 탓하는 것은 나의 본질이나 성품, 의지력을 비판하는 게 아니다. 그냥 육체라는 껍데기의 성능이 약해서 그렇다고 결론짓는 방법이다. 핵심은 나를 비판하지 않고, 스스로 해치지 않는 것에 있다. 모든 원인이 체력이니, 체력을 기르기 위한 노력을 하게 된다. 결국 내가 더 나아지는 선택을 할 수밖에 없는 구조다. 혹자는 이를 단순히 정신 승리 아니냐고 묻겠지만 그건 아니다. 진짜로 체력이 있어야 참을성이 생기고 내 몸을 내가 생각하는 대로 컨트롤할 수 있기 때문이다.

바둑을 소재로 한 영화 〈승부〉와 드라마 〈미생〉에서는 스승이 제자에게 똑같은 말을 한다. "체력이 있어야 흔들리지 않는다." 〈미생〉에는 유명한 또 하나 명대사가 있다. "정신은 체력의 보호 없이는 구호밖에 안 된다." 체력을 원인으로 삼는 것은 자기비판적 사고를 멈추고 선순환 궤도에 들어서는 아주 단순하고 명쾌한 생각법이다.

# 왜 재미있으면 안 돼?

재미있으면 오래 하니까,
오래 하고 싶은 일은 재미있게 만든다

노력은 언제나 의문의 대상이었다. 노력이란 단어를 떠올리면 왜 이리도 피곤한지 모르겠다. 과정은 힘들고, 노력은 고통스러워야 한다고 여기는 이유는 뭘까. 노력의 사전적 정의는 '어떤 일을 이루기 위해 몸과 마음으로 힘쓰는 것'이다. 어디에도 '힘들게' 혹은 '재미없게'라는 말은 없다. 산다는 건 노력의 연속이 아닌가? 어차피 힘을 쓰며 살아간다면 지치지 않으면 좋다. 오래 하고 싶으니 뭐든지 재밌게 만들면 더 좋다. 방법이 없을까?

## 애씀이 반드시
## 결과를 만들진 않는다

재미있으면 오래 한다. 그럼 오래 하고 싶은 일은 재미있게 만들면 된다. 아주 명쾌한 방법이다. 단기간에 인내심을 발휘해 꾸역꾸역 해낼 수도 있겠지만 지속하지 못한다. 산소가 부족한 공간에서 숨을 참고 있는 느낌이랄까. 무엇보다 사는 게 신나지가 않는다.

'지쳐 있는 느낌'이 좋은 결과를 위한 필수 조건이라 생각했다. 꼭 그렇지 않다는 것을 경험한 적이 있었음도 착각은 이어졌다.

특히 학창 시절의 나는 성적을 곧 '나'라는 존재의 증명으로 여겼다. 입학 후 2년 동안 공부에 집착하고 매달린 탓에 몸과 마음이 너무 많이 상해서, 3학년이 되었을 때 공부해야 할 내용을 반복해 보기만 하자고 결심했다. 결과는 어떻게 되었을까? 이전보다 훨씬 힘을 뺐는데, 놀랍게도 성적은 똑같았다.

이때 어렴풋이 알았다. '악착같음'이 곧 '좋은 결과'와 동의어는 아니라는 사실을. 좋은 성적을 만든 건 공부하는 '행동' 그 자체였지, 스스로를 채찍질하는 마음 상태가 아니었다. 애씀은 오히려 나와 꾸준함 사이를 멀어지게 할 뿐, 반드시 좋은 결과로 이어지지는 않는다.

●

## 재미있는 게
## 죄는 아니잖아

어른이 될수록 생각이 경직되기 쉽다. '어떻게 하면 성공할까?'를 고민해 본 적은 있어도 '어떻게 하면 재미있게 할까?'를 고민해 본 적은 드물지 않은가. 휴대폰 보기, 친구들과 놀기, 맛있는 음식 먹기, 좋아하는 영화나 독서와 같은 일들은 '재미'라는 단어와 같이 있어도 자연스럽다. 반면, 노력 옆에 재미를 붙이는 건 괜히 이질감이 든다. 하지만 아무도 그러라고 강요하지 않았다. 노력은 고행이 아니어도 된다. 인생의 모든 순간에 재미를 붙일 수 있다. 이를테면 나는 무슨 일을 하더라도 우선 이 질문을 앞에 붙이고 시작한다. "자, 이 일을 어떻게 하면 재미있게 할까?"

재미있으면 ⟶ 계속 행동한다

계속되는 행동은 ⟶ 이전과 다른 결과를 낳는다


재미 ⟶ 행동(지속성) ⟶ 결과

재미는 무조건 고민해 볼 요소다!

나는 다음과 같은 방법으로 노력에 재미를 붙였다.

첫 번째는 과정을 기록으로 쌓는 것이다. 새로운 습관을 들일 때 SNS에 그날 해낸 일을 일기처럼 기록했다. 늘어난 포스팅 개수에 성취감을 느끼고 변화하는 나의 모습을 실감할 수 있었다. 또 관심사가 비슷한 분들의 응원을 받으며 교류하다 보면 동료애가 생기기도 한다. 혼자 꾹꾹 참다가 며칠 만에 그만두는 일을 방지할 수 있다.

두 번째, 통제할 수 있는 환경부터 하나씩 바꿔본다. 출근길이 싫으면 조금 돌아가더라도 버스를 타고 바깥 풍경을 구경했다. 매일 똑같은 사무실, 같은 자리에서 일을 해도 새로 마련한 텀블러 하나, 키보드의 촉감에 따라 기분이 달라졌다. 좋아하는 커피 한 잔을 곁들이는 것만으로도 같은 시간을 더 기분 좋게 보낼 수 있었다. 핵심은 바꿀 수 없는 상황 속에서 아주 작은 일이라도 통제 가능한 부분을 찾아내는 태도다.

세 번째, 행동을 변주한다. 같은 행동을 반복하다 보면 언젠가 질리는 게 당연하다. 그럴 땐 약간의 변주를 허락해 주자. 야외 러닝을 예로 들어볼까? 어떤 날은 러닝머신을 타고, 어떤 날은 다른 동네로 가서 자전거를 타거나 산책을 한다. 운동량도 조절한다. 유연한 허용이 반복을 지루하지 않게 하고 새로운 재미를 낳는다.

사실 재미라곤 눈곱만큼도 찾기 힘들 때도 있다. 일정이 쉴 틈 없이 몰아치고, 마음 무거운 일들이 이어지는 시기다. 그러나 그 순간에도 어떻게든 재미를 느낄 수 있는 일을 끼워 넣는다. 좋아하는 음악을 듣거나, 작업 장소를 30분이라도 옮겨본다. 혹은 할 일 목록을 적고 줄을 쭉쭉 지우면서 해내는 쾌감을 느껴본다. 그렇게 재미 요소를 한 꼬집이라도 곁들인다.

중요한 건 언제나 마음가짐이다. 이 순간에도 소중한 시간이 흘러가고 있다는 사실, 과정이 재미없어야 할 이유가 하나도 없다는 사실을 기억하자. 그러면 나를 즐겁게 해줄 방법을 고민하게 된다. 어쨌든 결과를 만드는 건 '행동'이다. 이왕 할 거라면 재미있게 하자.

노력은 모름지기 힘들고 고통스러워야 가치 있다고 믿었습니다. 하지만 결국 어떤 노력을 계속하게 만드는 건 나를 몰아세우는 채찍질이 아니라, 그 과정에서 발견하는 재미와 즐거움이더라고요. 어차피 해야 할 노력이라면 그 옆에 '재미'라는 단어를 슬쩍 붙여보세요. 과정을 쉽고 즐겁게 만드는 것 또한 우리가 연마해야 할 중요한 기술이에요.

**Q. 지금 하고 있는 노력 중 '재미없고 무겁게' 느껴지는 일이 있나요?**

**Q. '자, 이 일을 어떻게 하면 재미있게 할까?' 질문을 스스로에게 건네보세요. 떠오르는 아이디어가 있다면 적어보세요.**

# 일부러 느리게

## 하나를 해도 제대로

느리게 산다는 것은 단순히 몸의 속도를 늦추는 게 아니라, 내가 원하는 삶의 흐름을 견고하게 다져가는 방법이다. 꾸준함은 끊기지 않는 흐름 위로 올라서는 것. 마음이 앞서 행동이 빨라지면 실수가 반복되고, 그때마다 다시 중심을 잡느라 더 많은 시간이 들었다. 느려도 한 걸음씩 제대로 간다면, 겉으로는 더디게 보여도 실제로는 덜 헤매고 덜 무너진다. 다음 단계로 자연스럽게 차근차근 넘어간다.

몸과 마음이 분주하다고 해서 일을 빠르게 해낸 적은 없었다. 밀려오는 조급함은 쓸데없는 장식과 같아서 앞으로 나아가는 나의 어깨를 무겁게 할 뿐이다. 그러니 마음이 급할수록 '최대한 빠르게'가 아닌 '최대한 느리게'를 목표로 삼아보는 건 좋은 방법이다. 하나를 해도 제대로 하니 돌아가지 않아 결과가 더 빨리 드러난다.

'현재'가 내게 주어진 삶의 다른 말이자 전부임을 알 때, 느리게 사는 게 훨씬 쉬워졌다. 분주함은 왜 생길까? 과거의 후회를 덮어버리고 싶어서, 미래에 얼른 닿고 싶어서였다. 그러나 내 몸이 머물고 살아갈 수 있는 곳은 현재밖에 없다. 닿을 수 없는 과거와 미래를 차단하고 오늘에 집중하는 연습을 하면, 이유조차 알 수 없던 분주함이 서서히 걷히고 느리게 걸어도 불안하지 않다.

미래에 무엇이 기다리고 있든 '일부러 느리게'를 목표로 삼는다. 눈앞에 있는 일만이 내게 주어진 전부인 것처럼 시작한다. 내 앞에 차려진 이 식사를 천천히 음미하고, 치워야 할 것이 산더미처럼 쌓여 있더라도 발밑에 있는 것부터 하나씩 정리한다. 큰 산 같았던 일도, 엉킨 실타래 같았던 상황도 어느 순간 풀려 있다. 게다가 하나씩 진득하게 해낸 시간은 쉽게 휘발되지 않아, 기억 속에 삶의 장면들이 더 선명히 남을 것이다.

# 습관으로 만들어 고민의 무게를 줄인다

그냥 알아서 내 삶이 잘 굴러가도록

　꾸준히 하고 싶은 일을 신중히 선택한 뒤에는 굳건한 습관으로 만들어 의사 결정의 무게를 줄여 버린다. 삶이 알아서 좋은 방향으로 잘 굴러가게 두기 위해서다. 계속해야 하는 일을 습관으로 만들지 않으면 '이렇게 할까? 저렇게 할까?' 매일 방법을 고민하다 진이 빠진다. 그렇게 한참을 고민해도 남는 건 행동이 아니라 결정뿐이다. 반면, 꾸준히 하고 싶은 일이 습관으로 단단히 자리 잡으면 특별히 신경 써야 하는 다른 큰일에 에너지를 몰아서 쓸 수 있다. 꼭 해야 할 일들은 큰 에너지를 쓰지 않아도 습관이 저절로 해낸다. 이렇게 선택의 에너지가 줄면 삶의 무게도 줄어든다. 그렇다면 습관은 어떻게 만들면 좋을까? 나는 세 가지를 특히 신경써서 습관을 만들었다.

## 하나. 습관도 커스텀이 필요하다

습관을 만들 때 그 일과 나의 합을 맞추는 과정이 필요하다. 옷 하나를 사도 몸의 형태에 맞게 길이를 수선하는데, 습관도 그래야 하지 않을까? 하지만 습관을 삶에 들이는 데 있어선 이런 맞춤 과정을 놓치는 경우가 많은 것 같다. 맞지 않는 게 바로 느껴지는 옷과 달리, 습관은 나에게 맞지 않는 걸 알아차리는 게 어렵기 때문이다.

누군가가 어떤 미드를 보고 영어 회화를 잘하게 됐다는 이야기를 들었다고 가정하자. 그 사람은 영어를 쉽게 배웠다며 자신이 본 미드를 추천한다. 그 사람의 방식을 그대로 따라 한다. 그런데 혼자 하려니 매일이 고역이다. 나에겐 추천받은 작품 대신 다른 드라마가 더 흥미로울 수 있다.

누군가가 추천해 주는 습관은 그 사람에게 딱 맞는 것이다. 우리는 모두 다른 환경에서 살고 있으니까. 그러니 자신에게 맞춰 습관도 고쳐나가야 한다.

## 둘. 맑은 물을 퍼부어 흙탕물을 맑게 만든다

좋은 습관을 들이는 과정은 나쁜 습관을 덜어낸 자리에 새로운 걸 넣는 게 아니다. 말하자면 지금의 나를 통째로 부정하는 게 아니라, 현재의 나의 모습을 조금씩 맑게 가꿔나가는 것이다.

나쁜 습관을 단번에 억지로 제거하면 빈자리에서 공허함을 느낀다. 의지하던 것이 갑자기 사라지니 마음을 다잡기가 쉽지 않다. 차라리 그것이 여전히 내 안에 있음을 인정하고 서서히 줄여가는 편이 낫다. 나쁜 것 위에 좋은 것을 붓는다. 또 붓고, 계속 붓는다. 좋은 습관을 만들려는 시도가 건네는 상쾌함을 자주 느껴보자. 그러면 나쁜 것의 비중은 서서히 줄어들고, 맑음이 평균값이 된다. 흙탕물에 맑은 물을 퍼부으면 색이 연해지다가 마침내 맑아지는 것처럼.

물이 한 번에 맑아지는가. 흙먼지가 한 번에 사라지는가. 변화의 과정에서 순결한 상태를 기대하는 것 자체가 욕심이다. 무엇이든 단번에 완벽히 제거할 수 없고, 새로 태어날 수도 없다. 그러니 왜 아직도 끊지 못하냐며 나를 타이르고 자책하는 데 에너지를 쓰기보다, 좋은 것을 더하는 재미에 집중하는 편이 훨씬 이롭다. 혼탁한 상태를 받아들이고 맑아질 때까지 좋은 것을 퍼부으며 묵묵히 기다리는 것. 이렇게 좋은 행위를 반복하며 기다리면 나의 성질은 어느새 바뀌어 있다.

●

## 셋. 습관을 만들 때는
## 그 행위 자체를 아름답게 만든다

새 습관을 들일 때는 그 행위가 '아름답게' 보이게 하는 전략도 필요하다. 낯선 일을 반복해야 할 때는 의지만으로 버티기 어렵다. 내 눈에 보기 좋고, 손이 자주 가야 지속하기 쉽다.

일기 쓰는 습관을 이어가고 싶다면 계속 펼쳐보고 싶도록 아름다운 노트를 장만해 보자. 식사를 직접 챙겨 먹는 습관을 들이고 싶다면 예쁜 그릇을 마련하는 것이 도움이 된다. 물을 자주 마시기 위해 마음에 드는 텀블러를 준비하고, 운동을 더 자주 가기 위해 내 몸에 안성맞춤인 운동복 하나 정도는 장만해도 좋다.

아무리 작은 행동이라도 어떤 분위기에서 하느냐에 따라 기분이 완전히 달라진다. 분위기가 좋고 도구가 마음에 들면 그 일을 하는 내가 괜히 더 단정하고 멋져 보인다. 이 좋은 기분이 반복을 만들고 습관이 된다. 핵심은 이 습관이 내 생활에 들어오면서 일상이 더 아름다워졌다고 느끼는 것이다.

행위의 본질이 중요하다는 말은 언제나 옳다. 겉의 아름다움을 신경 쓰는 일이 허례허식처럼 느껴질 수도 있다. 하지만 새로운 습관의 초반은 늘 고통스럽다. 이 시기에 자신을 조금이라도 즐겁게 해주지 않으면, 본질을 경험해 보기도 전에 지쳐서 포기하게 된다. 아름다움을 전략적 도구로 사용하여 행위의 진짜 본질에 더 쉽게 다가가자. 그렇게 시간이 쌓이면 어느새 겉모습을 넘어 진정한 변화로 이어질 것이다.

# 나의 타고남을 받아들인다

맞지 않는 신발을 신고는 오래 걷지 못한다

스물한 살, 학년 대표를 맡았다. 술도 잘 못하면서 복학한 선배들까지 불러 모아 술자리를 자주 만들었다. 이 친구, 저 친구 신경 쓰며 인간관계에 온 마음을 쏟았다. 초중고 시절에도 늘 대표를 많이 맡았던 터라, 나는 사람들 속에 섞여야 행복한 사람인 줄 알았다. 그런데 웬걸, 대학에서 대표 일을 하며 수많은 사람을 상대하다 보니 맞지 않는 옷을 입고 있는 것처럼 버거웠다. 가면을 쓰고 있는 것 같았다. MBTI로 말하자면 나 자신을 완벽한 E형 인간인 줄 착각하고 살았던 거다. 그것도 20년이 넘도록. 한참을 삐거덕대다가 학년이 끝날 무렵에서야 가면을 벗어던져야겠다고 마음먹을 수 있었다.

## 나의 성향을 이해한다

대학과 사회라는 자유로운 환경에 놓이니 비로소 알았다. 나는 많은 사람 속에 있는 게 즐겁지 않았다. 군중 속에 있으면 대개 누구나 섞일 수 있는 얕은 이야기만 오갔고 그런 대화는 공허했다. 지금껏 리더를 맡았던 건 사람들 속에서 나의 존재를 확인받고 싶은 욕심 때문이었다. 그렇게 얻은 관심과 관계가 편안했냐고 묻는다면 선뜻 그렇다고 답할 수 없었다. 이 사실을 인정하자 비로소 가면을 벗어던질 수 있었다. 그렇게 나의 외향형 인간 시대는 저물었다.

나는 내향형 인간이다. 나의 타고남을 인정한다. 마음 맞는 소수의 친구와 모여 도란도란 이야기 나누는 자리를 좋아한다. 서로의 생각을 충분히 나누고 집에 돌아왔을 때 텁텁함이 남지 않는, 만날수록 깊어지는 인연이 좋다. 책이나 영화, 음악 같은 관심사를 주제로 만나는 모임은 직접 찾아가기도 한다. 이러한 성향을 파악하고 받아들이자 단단한 껍데기 한 꺼풀이 벗겨진 기분이었다.

억지로 하던 모든 행동을 과감하게 끊었다. 모두와 애써 친해지려 하지 않았고, 거절에 대한 아쉬움도 남기지 않았다.

참석해도 행복하지 않을 것 같은 자리에는 굳이 가지 않고, 원하는 약속만 신중하게 잡았다. 모든 사람에게 사랑받고자 하는 욕구가 사라지자 좋아하는 사람들에게 더 많은 진심을 쏟을 수 있었다. 애쓰는 관계는 끝까지 갈 수 없으며, 나와 맞는 인연은 애쓰지 않아도 자연스레 이어진다는 것도 배웠다. 에너지를 아껴 좋아하는 곳에만 썼더니, 남은 힘은 온전히 나를 향했다. 나다운 것에 집중하는 확고함, 내 것이 아닌 것에 미련 두지 않는 단호함. 이 두 가지 태도는 나의 타고남을 온전히 이해하고 수용할 때 얻을 수 있다. 불필요한 생각을 막고, 나답게 나아가는 길에 든든한 울타리가 되어준다.


## 나에게 맞는 방식으로
## 에너지를 채운다

나의 성향을 이해하자 에너지를 충전하는 방식도 바뀌었다. 내가 택한 방식은 혼자만의 시간에 파묻히는 '오프라인 시간' 갖기다.

여기서 '오프라인 시간'이란 단순히 휴대폰을 보지 않는다는 의미를 넘어, 에너지 누수를 일으키는 모든 상황으로부터 나를 보호하는 것을 뜻한다. 누수란 에너지를 능동적으로 '사용하는' 것이 아니라, 가만히 있어도 수동적으로 '새어 나가는' 상태를 말한다. 특별한 의도가 없어도 저절로 그렇게 된다. 아무리 좋은 사람들과 대화하고 싶어도 약속을 잡고 준비하며 대화를 이어가는 과정은 에너지가 쓰인다. 좋아하는 장소에서 영감을 얻으려 해도 군중 속에 나를 두는 순간 피로감도 쌓인다. 다정한 말을 주고받는 관계일지라도 잦은 연락은 신경을 분산시킨다.

타인과 연결되어 얻는 장점이 분명 크지만, 반드시 홀로 있어야만 정리되고 충전되는 영역이 있다. 관계에만 몰두하다가는 고립을 통한 회복의 중요성을 놓치고 만다.

나는 '채움'과 '차단'의 균형을 맞추는 생활을 지향한다. 나의 에너지는 오직 나만이 채울 수 있다. 컨디션 조절을 제대로 하지 않았으면서 왜 일을 못 하느냐고 자책하는 건 말이 안 된다. 아무리 좋은 기회가 와도 받아낼 힘이 없으면 소용없다. 자신의 에너지를 소중히 돌보자. 활력은 그 자체로 나의 매력이 되며, 성장을 위한 중요한 자원이다.

꾸준함을 키울 때는 억지로 하는 게 적어야 한다. 자연스러워야 오래 할 수 있다. 자연스러움이 생겨나도록 삶을 최적화하자. 최적화란 나를 먼저 이해하고, 그 이해에 행동을 딱 맞추는 일이다. 나의 타고남을 인정하고 존중하면 삶이 최적화가 되고 에너지 낭비가 줄어든다. 그래야 지치지 않고 활력을 유지할 수 있다. 내가 아닌 것에 너무 미련을 두지 말자. 어차피 맞지 않는 신발을 신고는 오래 걷지 못한다.

# 점진적 개선주의

다짐은 사람을 변신시키는 마법의 주문이 아니니까

변화의 얼굴은 화선지에 먹이 스며들듯 달라진다. ○, ×로 나뉘는 이분법적 영역이 아니다. 서서히 물들다가 어느 순간 전체가 변해 있다. 뻣뻣한 새 옷이 시간이 지나며 몸에 맞춰지는 것처럼 자연스럽게 멋이 든다. 꾸준함을 만들 땐 이 자연스러움이 찾아오는 순간을 기다리자. 완벽주의가 아닌 점진적 개선주의다.


## 물드는 시간을
## 기다려 준다

매일 야식과 과식을 일삼고 운동과는 담쌓고 살던 사람이 있다고 하자. 어느 날 '다이어트 시작!'이라며 다짐한다고 해서 하루아침에 180도 변할 수 있을까? 처음 며칠은 의지로 버티겠지만 그 상태를 오랫동안 유지하긴 어렵다. 기존의 습관이 훨씬 더 강력하기 때문이다.

다짐은 사람을 변신시키는 마법의 주문이 아니다. 시간이 지나면 공중에 흩날린다. 작심삼일이라는 말이 괜히 있는 게 아니다. 72시간 동안 같은 마음을 품는 것조차 어려운 게 사람이다. 인정하기로 했다. 차라리 이랬다저랬다 하는 나를 있는 그대로 받아들이고 시작하는 것이다.

새로운 생활이 물드는 시간을 기다려줘야 한다. 색이 빠르게 퍼지지 않는다는 이유로 물감과 종이를 성급하게 구기거나 내다 버리지 않아야 한다. 이번 주에는 모서리만 색이 들었어도, 다음 주에는 절반을, 그다음 주에는 그보다 조금 더 해보자고 자신을 독려해 줘야 한다. 그러면 어느 순간 새로운 색으로 온전히 물든 자신을 만날 수 있다.

## 일주일 단위로
## 끊어 살기

점진적 개선주의를 실천하려면 전후 상태가 눈에 보여

야 한다. 나아지는 모습을 직접 확인하면 추진력을 얻기 때문이다. 무언가를 꾸준히 해보고 싶을 때는 일주일 단위로 회고를 해보는 것도 좋다. 단위를 너무 길게 잡으면 언제 돌아올지 모르는 긴 여행을 떠나는 기분이 들어 버겁다. 조금이라도 힘든 날엔 금세 답답함이 밀려온다. 반대로 기간이 너무 짧으면 변화를 느끼기 어렵다. 작심삼일을 가뿐히 통과해 변화의 묘미를 느껴볼 수 있는 적당한 사이클이 바로 일주일이었다.

다이어트를 예로 들어보자. 먼저 아무 노력도 하지 않는 날것 그대로의 생활을 적어본다. 원점이 되는 첫 번째 일주일이다. 무엇을 먹고 얼마나 운동하고 잤는지 가감 없이 기록한다. 그다음 새롭게 들여야 할 건강한 습관을 정하고, 일주일 동안 죽이 되든 밥이 되든 실천해 본다.

고백하자면 나는 첫 일주일 동안 계획을 완벽히 지킨 적이 단 한 번도 없다. 백 퍼센트의 확률로 실패했다. 2, 3일 차부터 계획은 무너졌다. 그러나 여기서 핵심은 그럼에도 '계속' 시도하는 것이다. 지키지 못하는 것을 당연하게 여기고, 무너짐을 아무렇지 않게 받아들이며 할 수 있는 만큼만 다시 한다.

야식 끊기를 다짐했다고 하자. 낮에 건강하게 잘 챙겨 먹어도 밤 10시가 되자 유혹이 밀려온다. 결국 배달 앱을 켠다. 대신 첫 일주일부터 포기하긴 양심에 찔려, 자극적인 음식 대

|  | 일 | 월 | 화 | 수 | 목 | 금 | 토 | 지킨 횟수 |
|---|---|---|---|---|---|---|---|---|
| 야식 안 먹기 | ✕ | ○ | ✕ | ○ | ○ | ✕ | ✕ | 3회 |
| 30분 이상<br>유산소 운동 | ○ | ○ | ✕ | ○ | ○ | ○ | ○ | 6회 |
| 7시간 이상<br>자기 | ○ | ○ | ✕ | ✕ | ○ | ✕ | ○ | 4회 |

신 회를 시킨다. 다음 날 아침, 매일 밀가루 음식을 시켜먹었던 지난주보다는 몸이 가볍다. 야식을 참는 데는 실패했지만 기분이 이상하게 좋다. 어제 조금이라도 더 나은 선택을 한 것 같아 기쁘다. 이 기분을 이어 오늘은 아예 참아보자고 결심한다. 이런 식으로 아주 조금 더 나은 선택을 쌓아가며 계획에 가까워지는 것이다.

첫 일주일이 지나면 0주 차와 1주 차를 철저히 비교한다. 모든 칸이 ○가 아니어도 상관없다. 모든 칸이 ○로 채워지지 않아도, 아무 노력도 하지 않았던 0주차보다 건강한 행동을 세 번, 여섯 번, 네 번이나 더 실행한 거다. 결심하고 실행하지 않았다면 이 숫자들은 없다. 지난주보다 많이 해낸 나를 칭찬하자. '무너져도 어떻게든 계속하고만 있으면, 궤도에서 벗어났다는 느낌만 들지 않으면 더 나아지는구나'라고 실감한다. 이 뿌듯함으로 2주 차를 맞이한다. 이전보다는 단 한 번이라도 더 해내는 걸 목표로 삼는다. 노력하지 않아도 저절로 그렇게 된다. 인간은 성취감을 느끼면 자연스럽게 그 방향으로 가게 된다. 이 사이클을 무한 반복하는 것이다.

이 방법으로 나는 완벽주의에서 벗어나 건강한 습관을 안착시킬 수 있었다. 중요한 건 완벽하지 않았더라도 '해냈다는' 사실 자체에 초점을 맞춰 성취감을 만끽하는 일이다. 그 과정에서 표를 그리거나 점검표를 만들어 기록을 했고 나아지고 있다는 느낌을 스스로에게 시각적으로 보여줬다. 머릿속 다짐이 아니라 눈에 보이는 결과로 '나는 성장하는 사람'이라는 확신을 심어준 것이다. 점진적으로 나아지는 모습을 스스로 확인할 때, 우리는 비로소 나 자신에 대한 믿음을 갖고 계속하는 사람이 된다.

# 스마트폰 속 세상을 내 편으로 만들기

## 우리가 사는 집처럼 관리하자

아이폰에는 휴대폰 사용 시간과 빈도를 기록하는 '스크린 타임' 기능이 있는데, 이 기록을 보고 깜짝 놀란 적이 한두 번이 아니다. 분명 필요할 때만 썼다고 생각했는데, 몇 시간을 넘게 썼다고 알람이 온다. 하루 중 적지 않은 시간을 쓴다는 건 그만큼 스마트폰이 내 삶에 깊은 영향을 주고 있다는 뜻이다. 그렇다면 스마트폰 속 세상도 우리가 사는 집처럼 중요한 환경으로 바라보고 관리해야 하지 않을까? 버릴 수 없다면 이 화면 속 세상을 현명하게 이용해야 한다. 스마트폰은 양날의 검이다. 무분별하게 쓰면 시간을 잡아먹는 도둑이 되지만, 잘만 활용하면 무엇보다 강력한 도구가 된다. 어떻게 하면 이 손바닥 안의 광활한 세계가 나를 좋은 쪽으로 인도하는 안내자가 되게끔 할 수 있을까?

# 이 화면 속에서
# 매일 무엇을 보는가

십 대 시절부터 성공한 사람들의 이야기를 곁에 두고 살았다. 유명한 작가가 북토크를 열면 찾아가고 텔레비전 인터뷰를 챙겨 보며, 『성공하는 10대들의 7가지 습관』 같은 책을 손 닿는 곳에 꽂아두는 아이였다. 하지만 대학 시절에는 이런 자기계발 DNA를 꼭꼭 숨겼다. 이 주제가 낯간지럽다고 생각했기 때문이다. 성적과 연애, 여행 같은 일상적인 화제를 나누는 친구들 사이에서 내가 어떤 책을 읽고 누구를 동경하는지 말하는 것이 내심 오글거렸다. 사실 내가 무엇을 꿈꾸고 어떻게 살아가고 싶다고 이야기하는 것 자체가 스스로에게도 다소 비현실적으로 느껴지기도 했다.

하지만 알고 있었다. 인터넷 세상에는 나와 비슷한 사람들이 무척 많다는 것을. 친구들을 만날 때 이런 이야기를 꺼내는 게 자연스럽지 않았지만, 화면 너머에는 나와 닮은 수많은 이들이 저마다의 기록을 남기고 있었다. 시간 관리를 검색하면 각자가 해봤던 방법과 후기가 쏟아졌고, 감명 깊게 읽은 책 리뷰를 찾아보면 나와 비슷한 감동을 느낀 사람들의 존재가 느껴졌다. 자신의 현실을 뛰어넘기 위해 꾸준히 노력하는 사람들이 화면 속에 수없이 많았다. 그들을 보며 다시 자신감을 가졌다. 그래, 나도 할 수 있다고.

이 손바닥만 한 화면 속에서 내가 누구를 지켜보고 어떤 콘텐츠를 접하느냐에 따라 마음가짐이 달라진다. 인터넷에서 마주하는 글들은 '정신의 환경'이다. 내가 꾸는 꿈이 불가능해 보일 때마다 다른 사람이 남긴 기록을 보면 스스로 세운 벽을 부쉈다. 때로는 곁에 있는 사람의 조언보다 화면 안의 짧은 글 한 줄이 나를 더 강하게 움직이게 한다. 그래서 의식적으로 좋은 글을 찾아 읽고, 기억하고 싶은 문장들은 따로 모아둔다. 우리는 언제 어디서든 스마트폰을 지니고 있으니 영감이 필요할 때마다 꺼내 볼 수 있다. 어쩌면 나는 가족이나 친구보다 이 화면 속 세상에서 더 많은 영향을 받고 있는지도 모른다. 그러니 그 안에서 무엇을 보고 누구와 대화를 나누는지 늘 점검해야 한다.

스마트폰 세상에는 어떤 곳과도 비교할 수 없는 장점이 있다. 마음만 먹으면 내가 원하는 대로 환경을 구축할 수 있다는 것. 누구와 대화를 나눌지, 어떤 정보를 어디에 둘지, 어떤 사이트에 자주 들를지는 온전히 내게 달려 있다. 이보다 쉽게 내 의지대로 만들 수 있는 환경도 없을 거다. 이 인터넷 세상은 꾸준함에 어떤 영향을 줄 수 있을까?

●

## SNS를
## 습관 형성에 활용한다

오랫동안 그날 해낸 일을 블로그나 인스타그램에 일기처럼 기록해왔다. SNS를 적극적으로 활용할 때는 소소하지만 놓치기 쉬운 습관을 단단하게 하고 싶을 때였다. 책 읽기, 건강한 식사 직접 챙겨 먹기, 운동도 SNS의 힘을 빌렸다. 요즘은 매일 명상 일지를 쓰고 있다. 나는 어떤 일을 하기로 마음먹으면 블로그에 새로운 카테고리부터 만든다. 단순히 남의 콘텐츠를 보며 시간을 소비하기보다 내가 내 삶을 기록하는 생산자로 살기 위해서다.

SNS는 한 가지 주제로 기록을 묶어서 쌓기 참 편리하다. 화면 구성이 이미 정해져 있으니, 일기장이나 노트에는 하기 힘든 체계적인 정리가 가능하다. 일과 관련된 경험이 아니더라도, 더 나은 삶을 위해 노력한 나의 모든 경험을 포트폴리오처럼 차곡차곡 쌓아 올린다. 서툴지만 매일 시도했던 흔적이 보이면 나의 열정이나 관심사를 알아주는 사람들이 자연스럽게 모여든다.

기록은 나를 응원한다. 쓰면 쓸수록 계속 나아갈 힘이 생겨난다. 그냥 흘러가 버릴 수도 있었던 노력의 시간들이 눈에 보이는 기록으로 쌓이면, '나 지금 제대로 하고 있구나'라고 알아차리게 된다. 게시물이 늘어날 때마다 내가 시간을 헛되이 보내지 않았음을, 매일 휘청거리는 것 같아도 결국 해내오고 있음을 확인하는 기분이다.

이 기록의 핵심은 게시물 하나하나를 너무 잘 쓰려고 하지 않는 것이다. 그저 꾸준히 쓴다. 오늘도 빼먹지 않고 했다는 사실을 느끼려 한다. 어릴 때 포도알 스티커를 하나씩 모으던 마음으로 기록을 모았다. 그렇게 가득 채워진 포도알들이 탐스러운 열매로 거듭나 단단한 자신감이 되었다.


## 함께하는 환경으로 삼는다

내 인스타그램과 블로그를 구독하는 분들이 많아지면서 알게 된 사실이 있다. 성장하고 싶고 자기다운 삶을 만들어가는 데 관심이 많은 이들이 나를 지켜보고 있다는 것이다. 비슷한 성향의 사람들이 모여 있으니 관심사도, 원하는 생활도 닮아 있었다. 내게 이보다 더 나은 성장 환경은 없다.

대학생 때 다른 사람들이 운영하는 챌린지에 참여하며 동기 부여가 되곤 했다. 친구들과는 깊이 나누기 힘든 이야기였기에 내가 나를 키울 환경을 직접 찾아 나선 것이다. 신기하게도 챌린지에 참여하는 시기마다 의욕이 더 불타올랐고 행동하기도 수월해졌다. 비슷한 사람들이 모여 있는 이 환경이 이롭게 쓰여졌으면 했다. 그동안 경험했던 챌린지들의 아쉬운 점을 보완해 보기로 했다. 따뜻하게 동기를 부여하고 스스로를 채찍질하는 대신 자신을 돌볼 수 있는 방식으로 프로그램을 기획했다.

요즘은 세 개의 온라인 습관 프로그램을 운영하고 있다. 첫 번째는 건강한 몸과 마음을 위해 독서와 식사 습관을 인증하는 '뿌리 돌봄 리추얼 프로그램'이다. 이름처럼 생활을 다듬어 내면의 뿌리를 돌보는 데 집중한다. 일상에서 좋은 책을 읽고 필사를 하며 생각을 정리할 때, 손수 차린 식사를 온전히 음미할 때, 그리고 자신과의 약속을 지켜나갈 때 나의 뿌리가 튼튼해짐을 느껴서다. 사람들과 매일 책을 읽고 글을 쓰며, 식사를 하나의 명상처럼 대하고, 스스로 만든 작은 약속들을 실천하며 생활의 척추를 바로 세우는 작업을 함께한다.

두 번째는 '아웃풋 프로젝트'다. 4주 동안 매일 한 가지 주제로 결과물을 내는 과정이다. 블로그에 글을 써도 좋고, 운동을 하거나 악기 연주도 괜찮다. 한 가지 행동을 28일간 반복해서 작은 변화를 만들어내는 것이다. 서로 다른 목표를 지녔지만, 포기하지 않고 꾸준히 나아가고자 하는 마음은 같기에 멤버들끼리 돈독한 분위기가 형성된다. 노력하다 지쳤을 때 다시 일어설 수 있는 힘을 기르는 터전이 되길 바랐다. 이곳에서는 조금 못했다고 해서 큰일 나지 않는다. 하지만 여기서 얻은 성취감은 일상 전체의 마음 근력을 키워주는 좋은 밑거름이 된다.

세 번째는 '굿모닝 다이어리 챌린지'다. 몇 년째 아침 일기를 쓰며 얻은 정화의 효과를 함께 나누고 싶어 만들었다. 아침에 일기를 쓰면 내면의 상태를 살피며 하루를 차분하게 시작할 수 있고, 무엇보다 꾸준히 실천하기에 좋다. 일기를 써본 적 없던 분들이 하나둘 기록을 시작하는 모습을 볼 때면 큰 기쁨과 보람을 느낀다.

이 프로그램들은 누군가에게 도움이 되길 바라는 마음으로 시작했지만, 사실 누구보다 나에게 가장 좋은 환경이 되어주고 있다. 함께하면 '할 수밖에 없는' 환경이 조성되기 때문이다. 매일 메시지를 통해 서로 다정한 응원을 나눈다. 하기 싫어 주춤하던 날에도 다른 이들의 인증을 보며 건강한 자극을 받는다. 스마트폰으로 수없이 많은 메시지를 주고받지만, 이토록 순수한 열정이 담긴 문장들을 꾸준히 나눌 환경이 또 있을까. 화면 속의 다정한 말들이 내 삶에 얼마나 선한 영향을 미치는지 매일 깨닫는다.

온라인 모임에는 물리적 제한이 없다. 전국의, 심지어 해외에 있는 사람들까지 한곳에 모인다. 인터넷이 아니었으면 절대 만나지 못했을 인연들이다. 비슷한 꿈과 목표를 가진 사람들이 모여, 혼자라면 포기했을 도전을 꾸준히 이어나간다. 인터넷의 장점을 긍정적인 방향으로 활용했기에 가능한 일이다.

## SNS를 사용하는
## 나만의 기준을 만든다

순기능만 누리려 애써도 가끔은 SNS에 휘둘릴 때가 있다. 그래서 나는 SNS를 대하는 태도를 분명히 세워뒀다.

첫 번째, 생산자라는 정체성으로 살아가기. 어차피 콘텐츠와 관련된 일을 하는 이상 SNS를 완전히 끊기는 어렵다. 그렇다면 생산자가 되어 물리적 장벽이 없는 이 좋은 환경을 마음껏 누리자는 생각이다. 내게 이곳은 현실에서 노력하고 얻어낸 생각과 흔적들을 모아두는 곳이다. 콘텐츠를 소비하며 시간을 그저 흘려보내기보다, 나의 성장을 돕는 기록 도구로 삼는다.

두 번째, 삶의 일부만 내어주기. 화면 속 내가 현실의 나보다 비대해지지 않도록 경계한다. 항상 생활의 일부만 보여주려 노력한다. 좋아하는 모든 것을 전시하기보다 내 안에서 꼭꼭 씹어 삼키며 음미하는 시간을 더 갖는다. 인터넷 세상보다 현실의 내가 더 빛나고 재밌어야 한다. 그래야 무언가를 올리기 위해 가짜 삶을 꾸며내지 않게 된다.

세 번째, 성장의 원료이자 기쁨의 수단으로 삼기. 검색만 하면 무엇이든 새로운 정보를 얻을 수 있는 이 환경을 나의 성장과 발전에 적극적으로 활용한다. 유익한 강연 정보를 얻고, 좋은 노래와 책을 발견하며 나를 채우는 데 집중한다.

마지막으로, 진짜 '내 것'만 올리기. 가장 중요한 나와의 약속이다. 일기를 권하는 글은 내가 매일 일기를 썼기에 추천할 수 있었고, 건강한 식습관을 말할 때는 내가 얻은 변화에 확신이 있었기에 썼다. 만약 누군가의 글이나 책을 통해 내 생각이 발전했다면 반드시 그 출처를 남겼다. 내가 경험하고 진짜 체득한 지식과 정보만을 글로 남기려 한다.

SNS를 어떻게 사용할지 초점을 맞추고 쓰는 것과 아무 목적 없이 떠도는 것은 시간의 질이 다르다. 무언가를 버릴 수 없고 취하는 것이 맞다고 생각한다면, 이 아까운 시간이 헛되지 않도록 현명하게 이용해 버리자.

# 빈도를 높여서 기세를 쌓아 올린다

우물쭈물 망설이면 결국 제자리

인생은 기세. 실력이 기세를 만나면 가파른 상승선을 그리지만, 아무리 좋은 실력을 갖췄어도 우물쭈물 망설이면 결국 제자리다. 내면에 빛나는 알맹이를 품고 있더라도 세상에 제대로 꺼내 보일 수 없다.

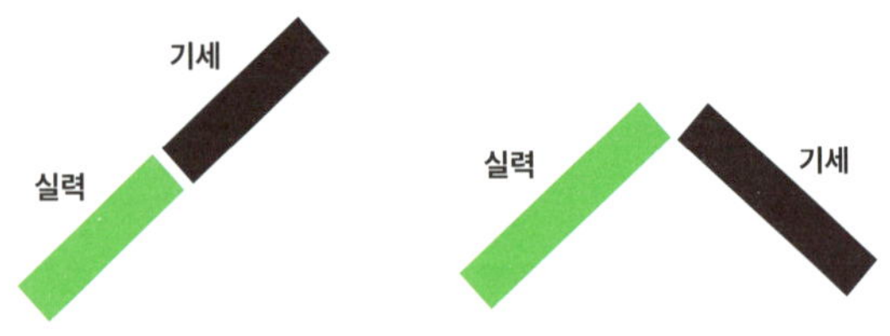


기세는 빈도가 만든다. 나는 두렵거나 하기 싫은 일일수록 철저하게 '빈도'만을 목표로 삼는다. 잘하고 못하고는 그다음 문제다. 일단 그 일을 편안하게 느껴지도록 하는 것이 중요하다. 자주 접하면 친숙해지고, 친숙해지면 비로소 대상을 깊이 들여다보기 시작한다. 그러면 어설프게나마 방향이 잡히는 것을 실감한다. 궤도에 올랐다는 감각이 생겨야 매일 하는 일이 비로소 수월해진다. 바로 이때 기세가 필요하다. 기세는 나를 더 빠르게, 더 멀리 나아가도록 하는 날개가 되어준다.


## 양 하나는
## 떳떳한 사람이 되자


자기의 실력을 자신하는 건 몹시 어렵다. 일생에 단 한 번이라도 나의 실력에 백 퍼센트 만족스러운 순간이 과연 올까 싶다. 나와 타인의 평가가 딱 맞아떨어지기란 좀처럼 쉽지 않으니까. 좋은 평가를 받아도 정작 나는 만족스럽지 못한 순간이 많다. 반대로, 스스로는 실력이 좀 늘었나 싶었는데 외부로부터 받는 평가는 그대로인 경우도 있다. 나와 세상 사이의 합의가 완벽히 일치하기 어려운 게 실력에 대한 평가다. 게다가 실력이 비약적으로 좋아지는 지점은 내가 원한 순간에 찾아오지 않는다. 그것은 어느 날 갑자기 하늘에서 뚝 떨어지는 선물과도 같다.

불멸의 걸작 『동물농장』과 『1984』를 쓴 조지 오웰을 소개하는 책날개에서 인상 깊은 대목을 발견했다. 작가이자 저 널리스트였던 그는 생계를 꾸리기 위해 엄청난 양의 글을 썼다고 한다. 작가 소개에는 이 두 소설이 그 방대한 글쓰기의 빙산의 일각에 불과하다는 내용도 담겨 있었다. 빛나는 결과물은 절대적인 양이 필요하다는 것을 또 한번 배운다. 실력이 궤도에 오르기까지 우리가 통제할 수 있는 건 오직 '양'뿐이다. 살면서 "지독하게 많이 했어요"라고 당당하게 말할 수 있는 것이 과연 몇 개나 될까. 쌓아온 양은 눈에 보이기 때문에 객관적이고 떳떳하다. 압도적인 양을 증명해 보이면 누구라도 그 노력의 시간에 고개를 끄덕이게 된다. 실력이 완벽하지 않아도 연습량이 방대한 사람을 보면 기어이 응원하게 되지 않는가. 대상에 쏟은 애정이 얼마나 깊은지, 홀로 얼마나 묵묵한 시간을 견뎌왔을지 눈에 선하기 때문이다.

쌓은 양에서 나오는 특유의 아우라가 있다. "이만큼 잘해요"라고 뽐내는 사람보다 "이만큼 많이 했어요"라고 말하는 사람이 더 멋지다. 양으로 자신 있는 사람에게는 질투조차 생기지 않는다. 그저 경외감이 들 뿐이다.

그렇다면 언제까지 양을 쌓아야 할까? 자신에 대한 의심보다 미래에 대한 기대가 더 커질 때까지 하자. 불안하긴 해도 양을 계속 쌓다 보면, '이 끝에 무엇이 있을까' 궁금해지는 순간이 온다. 그 기대감이 불안을 압도할 때까지 빈도를 무조건 늘린다. 숨 쉬듯 하는 것이다. 만약 빈도를 늘리는 게 귀찮게만 느껴진다면, 사실 그 일은 내게 그리 중요하지 않은 것일지도 모른다. 단, 명심할 것. 이런 일은 일상에 한두 가지만 있어도 충분하다. 욕심내지 말자.

자신에 대한 의심 > 미래에 대한 기대

↓

자신에 대한 의심 < 미래에 대한 기대

전환될 때까지 양을 쌓는다!

## 연습량이 주는 선물

연습량이 주는 최고의 선물은 '뻔뻔함'이다. 이 뻔뻔함은 무례한 태도가 아니라, 주어진 환경에서 자신의 의지와 뜻을 관철하는 태도를 뜻한다. 부끄러운 순간마저 의연하게 견뎌내는 강철 같은 마음이다. 무언가를 해내는 데 있어 어느 정도의 뻔뻔함은 반드시 필요하다. 뻔뻔할수록 자신의 의도대로 살아가기가 쉽다. 갑작스러운 슬럼프가 찾아왔을 때 도망치지 않게 붙잡는 힘이 되어주기도 한다.

양이 많으면 오늘 하는 실수가 작게 보인다. 찰나의 부끄러움도 사소한 것이 되고, 후회도 옅어진다. 그저 많은 흔적 중 하나일 뿐이다. 반면 연습량이 적으면 티끌이 너무나 커 보인다. 열 개의 흰 구슬 속 검은 구슬 하나는 존재감이 크지만, 몇천 개의 흰 구슬 속에 있는 검은 구슬 하나는 점에 불과한 것처럼. 이런 구슬 이미지를 머릿속에 떠올리며 양을 쌓아도 좋다. 부끄러울 때, 실수를 했거나 힘든 날도 그저 담담하게 통과할 수 있다.

압도적인 양이 만드는 기세, 그리고 뻔뻔함. 이 두 가지가 나의 꾸준한 성장을 힘차게 밀어 올린다. 오늘도 나는 그저 양을 채우기 위해 다시 책상 앞에 앉는다.

# 멈추고 싶은 순간마다 글을 쓴다

가장 무너졌던 날의 기록도

나를 다시 일으킨다

사람은 망각의 동물이라 잘한 일도 금세 잊는다. 또, 사람은 적응의 동물이라 좋은 것도 시간이 지나면 좋은 줄 모르고 지나치기 일쑤다. 그럴 때면 힘들었을 때 기록한 글을 읽는다. 그러면 이런 본능을 역행할 수 있다. 내가 끝내 견뎌낸 사람임을 잊지 않게 하는 훈장이 되고, 그때보단 지금이 낫다고 감사한 마음으로 살게 한다. 뭐, 끝내 잘 견뎌내지 못한 일이라도 괜찮다. 힘들 때 글로 털어놓는 행위 자체가 정신 건강에 도움이 된다.

글쓰기를 적극적으로 활용하자. 행복한 날의 기록도 좋고 힘든 날의 기록도 좋다. 나에게는 과거의 내가 빼곡히 써둔 토로의 글들이 다시 기댈 구석이 되었다. 내 인생의 가장 저점이라 여겨지는 순간도, 무너졌던 날의 기록도, 언젠가는 나를 다시 일으켜 세운다.

## 기록을 통해
## 잘하고 있다고 알려준다

아기가 자라는 걸 매일 옆에서 지켜보면 얼마나 성장했는지 변화를 체감하기 어렵다. 하지만 오랜만에 본 사람은 훌쩍 자란 모습에 놀란다. 우리의 변화도 비슷하다. 매일 노력하는 사람은 그 과정 안에 머물기 때문에 미세한 변화를 알아차리기 어렵다.

나는 이런 이유로 지쳐 포기한 적이 많았다. 얼마나 나아갔는지 보이지 않으니 '힘듦'이라는 감정만 확대해 해석했기 때문이다. 그러나 지금 와서 보면 나는 계속 움직이고 있었다. 그때 조금만 더 이어갔더라면 좋았을 순간들도 떠오른다.

아무리 성장하고 있어도 그 상태에 금세 익숙해지는 게 사람이다. 그래서 기록이 필요하다. 내가 얼마나 설렜는지, 못하며 서툴렀는지, 잘하려고 어떻게 노력했는지, 괴롭고 고민했는지 기록을 보면 느낄 수 있다.

과정에 있는 나를 기록으로 남겨 미래의 나에게 생생하게 알려주자. 무뎌지는 순간에 "너 사실 잘하고 있어" "이만큼 해왔어"라고 과거의 내가 말해줄 수 있도록.

## 일기가
## 나를 원하는 삶으로 이끈다

일기의 힘을 믿는다. 전에는 그저 감정 해소와 치유의 수단으로만 여겼다. 사실 이 기능만 있어도 일기는 평생 함께해야 할 이유가 된다. 이제는 일기가 '알아차림'의 수단인 것도 안다. 내가 지금 무엇을 생각하고 있는지, 그 생각이 어디로 향하고 있는지, 머릿속에서 가장 큰 지분을 차지하는 고민은 무엇인지, 요즘 나는 어떤 생활을 하고 있는지 똑바로 직시하게 한다.

알아차리는 것과 알아차리지 못하는 것은 천지 차이다. 삶에 끌려가는 사람은 몸과 마음을 진정으로 소유하지 못한다. 반면, 삶을 이끄는 사람은 힘든 상황에서도 주도적으로 움직인다. 그는 결국 마침내, 그 상황을 벗어난다. 생각을 하고 끊임없이 알아차리기 때문이다.

일기장과 펜은 생각을 일깨우는 도구다. 나는 일기장에 매번 불평을 적곤 했다. 이런 내가 싫다, 이런 삶이 싫다. 이런 진심은 오직 일기장에만 고백할 수 있었다. 그렇게 수많은 일기장이 쌓이던 어느 날, 힘들다고 계속 말하고 있는 나 자신에게 지쳤다. 한계에 도달한 것이다. 그러자 더 이상 그 자리에 머물러 있을 수 없었다. 벗어날 방법을 찾고 싶었다.

그래서 계속 썼다. 쓰면서 알아차리고, 쓰면서 고민하고, 쓰면서 앞으로 나아갔다. 일기장 위에 글을 쓰며 내가 원하던 많은 것들을 이루었다. 일기가 나를 원하는 삶으로 이끌었다. 일기를 쓰자. 내가 원하는 삶으로 더 빨리 다가갈 수 있다.

*Breathe*

숨을 고르고 나를 돌보는 시간

# 하는 것만큼이나
# 하지 않는 시간도 중요하다

나사를 조이는 시간

하는 것만큼이나
하지 않는 시간도 중요하다

휴식은 내 몸에 있는 작은 나사들을 조이는 시간이다. 무언가를 끊임없이 하다 보면 나사들이 점점 풀린다. 나사들이 계속 빠지는데 조이지 않고 계속 달린다면 어떻게 될까. 내 능력이 온전히 발휘되지 못하고 속도는 느려진다. 놓치는 것도 점점 많아진다. 특히 우선순위가 낮은 것은 제쳐두고 아예 소화하지 못하는 지경에 이른다.

작은 나사가 빠지는 것과 같은 사소한 좌절이 쌓이고 쌓이면 결국 덜덜거리는 고장 난 차가 되어버린다. 제대로 굴러가지 않고 자꾸 엉뚱한 데에 서고 마는. 휴식을 가진다는 건 곧 재정비를 한다는 것. 풀린 나사를 꽉 조이고, 기름을 충분히 채우고, 올바른 방향으로 가고 있는지 점검하는 시간이다.

그러니 하는 것만큼이나 하지 않는 시간도 중요하게 여기자. 어른이 되어 배운 교훈이다.

# 무뎌지는 시간은 반드시 찾아온다

멈춰야 보이는 것들이 있다

시작이 주는 설렘은 추진력의 땔감이 되지만, 꾸준함의 연료가 되지는 못한다. 모든 것은 결국 무뎌지기 마련이다. 마음이 불타올랐던 일이 지루해지는 순간이 오고, 가기만 해도 신났던 카페가 평범해 보이는 날이 오고, 설렜던 관계가 어느새 당연해지는 날이 온다. 들어가기만 하면 좋겠다고 생각했던 직장은 지루한 일상이 되고, 한 입만 먹어도 세상을 다 가진 것처럼 황홀했던 음식도 흰밥처럼 평범해진다.

별 모양으로 반짝인다고 느꼈던 것들이 내 안에서 닳아, 둥글둥글 특색 없는 원이 된 기분. 모든 것이 늘 새롭게 느껴지면 좋겠지만, 이제는 그것이 나의 욕심임을 안다. 그래서 이 무뎌짐을 자연스러운 일로 받아들이기로 했다.

문제는 무뎌졌다는 이유로 현재를 소홀히 여기기 쉽다는 데 있다. 과정의 지루함을 견디지 못해 또 다른 시작을 만들고, 새로운 노하우와 시작을 찾아 떠난다. 그사이 지금 하던 일은 흐려지고, 매듭지어지는 일은 없다.

이럴 때는 잠시 멈춰야 보인다. 나는 이미 잘 해내고 있었고, 지금은 포기할 때가 아니라 계속해야 하는 순간이라는 것을. 앞으로 나아가는 길에는 익숙함을 새롭게 바라보는 시간이 필요하다. 일부러 낯설어지고, 잠시 떨어져 보는 시간 말이다.

●

## 의도적인 리셋 시간

하루를 시작할 땐 손으로 글을 쓴다. 마음을 닦아내는 일종의 수행이다. 의사 선생님이 환자를 진찰하듯 새로운 하루를 맞이한 마음을 스스로 점검한다. 기쁘고 활기찬 상태라면 다행이지만, 슬프거나 우울하거나 무언가 두렵다면 내버려두지 않고 그 이유를 찾아낸다. 긍정적인 상태로 전환하기 위해 해야 할 일이 무엇인지 적는다. 이렇게 아침마다 와이퍼로 더러운 창문을 닦아내듯 마음을 닦아낸다. 부정적으로 흘러갈 수 있었던 흐름에 제동을 걸고 다시 좋은 방향으로 다가간다.

때로는 긴 공복 시간을 가진다. 가공식품을 자주 먹었거나 며칠간의 여행을 한 후엔 입맛을 초기화시키기 위해 평소보다 긴 시간 단식에 들어간다. 이렇게 입맛을 정화하지 않으면 탁해진 상태가 고정되어서다. 단맛은 더 단맛을 부르고, 자극적인 음식은 더욱 자극적인 음식에 손이 가게 한다. 속을 비우면 입맛이 백지상태로 돌아간다. 심심하고 담백한 식사만으로도 만족스럽다.

아무 일정도 없는 날이면 백지와 볼펜을 꺼낸다. 종이 한 장 위에 요즘 시간을 가장 많이 쏟는 일부터 머릿속을 채운 고민과 목표까지 떠오르는 대로 마구 적는다. 마인드맵을 그리며 복잡한 생각들을 구조화하기도 한다. 엉켜 있는 모든 상념을 쏟아내고 객관화하는 행위다. 이렇게 의도적으로 일상을 들여다보고 점검하며 리셋하는 시간은, 내 삶이 어디로 향하고 있는지 확인하는 '나 홀로 워크숍'이자 '의도적인 리셋 시간'이다.


## 익숙함을 경계한다

영점으로 자주 돌아가려 한다. 무엇에도 젖어 있지 않은 깨끗한 상태로 돌아가는 것이다. 익숙함을 경계한다. 물론 건강한 습관이 몸에 배는 건 좋은 일이겠지만 점검하지 않고, 어떻게 살고 있는지 모르는 채 시간이 흐르면 그 속엔 반드시 오염된 마음과 생활도 끼게 된다.

가만히 있으면 생각하던 대로 생각하고, 먹던 대로 먹으며, 살던 대로 살게 된다. 분명 더 나은 선택지가 있는데도 관성에 젖으면 그것을 보지 못한다. 나쁜 습관은 좋은 습관보다 번지기 쉬워서 방치하면 어느새 나를 휘두른다. 더 무서운 사실은 내가 '살던 대로 살고 있다'는 사실조차 인지하지 못할 때가 많다는 것이다. 의식 없는 반복은 곧 삶에 휘둘리고 있다는 증거다. 그래서 늘 깨어 있어야 하며, 그러려면 생활을 리셋하는 시간을 의도적으로 확보해야 한다.

사람으로 태어난 것은 감사한 일이다. 상상을 현실로 만들 수 있어서다. 의도를 갖고 행동하면 머릿속 그림은 실체가 된다. 꿈꾸는 모습에 걸맞은 노력을 기울이면, 실제로 그 일을 하는 나로 살아갈 수 있다. 상상을 현실로 구현할 수 있는 존재가 인간 말고 또 있을까. 인간에게는 '선택의 자유'가 있다. 이 사실을 매 순간 잊지 말자.

내가 어떤 일을 할지 선택할 수 있다. 어떤 곳에 살지 선택할 수 있다. 어떻게 24시간을 보낼지 선택할 수 있다. 설령 현재가 불만족스럽더라도 변화할 가능성이 있다. 불만족스러운 현실에 그대로 머물러 있다면 이 또한 자신의 선택이다. 나는 내게 주어진, 사람으로서의 자유를 최대한 누리며 살고 싶다. 더 많은 자유를 누리기 위해서는 내 삶의 주도권을 가져야 하고, 그 주도권을 지키기 위해서라도 의식적인 리셋 시간이 필요하다.

원하는 삶을 향해 스스로를 이끌고 싶다면 생각하자. '어디로 발을 내디딜 것인가?' 나의 삶을 자주 점검하면서 생각을 현실로 만든다.

# 자가동력형 인간이 되자

외롭고 힘든 순간을 통과할 때 쓰는

나만의 도구가 있는가?

　　자신을 변화시키는 일은 누구도 대신해 주지 않기에 외로울 때가 있다. 손 뻗을 곳이 없는 기분. 머리로는 이 외로움마저 받아들여야 한다고 이해하지만, 마냥 쉬운 일이 아니다. '외롭고 힘든 순간을 통과할 때 쓰는 나만의 도구가 있는가?' 이 질문이 꾸준히 성장할 수 있는 사람인지를 가르는 기준일지도 모르겠다.

　　힘에 부칠 때 나는 바깥으로 도망치기보다 내 안에 머무르려고 애썼다. 도망친 곳에 낙원은 없다고 믿는다. 바깥으로 도망가는 건 내 안에 머무는 게 온전히 평안하지 못해서다. 자신을 스스로 채우고 달랠 수 있다면, 비슷한 시련이 다시 와도 혼자서 일어설 수 있었다. 어딘가에 의존하면 그 대상이 사라졌을 때 또 다른 지탱할 곳을 찾아 매번 헤매야 한다. 나는 과연 내 힘으로 다시 움직일 수 있는 사람인가? 그렇다고 대답하기 위해 나만의 방법들을 하나씩 찾아나갔다.

## '자기 돌봄의 방'을
## 부지런히 가꾸기

어떤 행동을 할 때 마음이 편안해지는지 미리 알아두려고 했다. 일상이 평온할 때야말로 자기 돌봄의 감각을 익히기 좋다. 나를 돌보는 감각이 무엇인지 정확히 알아야 정말 힘들 때 '기댈 수 있는 나'라는 존재를 곧장 떠올릴 수 있다.

내가 선택한 자기 돌봄의 방식은 단순하다. 명상, 산책, 글쓰기, 자연 식재료로 요리하기, 차 마시기, 아로마 오일 마사지, 독서다. 몸과 마음이 지치는 날이면 이 중 몇 가지를 즉시 시작한다. 이 행위들을 나는 '자기 돌봄의 방'이라 부른다. 할 때마다 나만의 안식처에 들어선 기분이 들어서기 때문이다.

별일 없는 날에도 이 방들을 부지런히 드나든다. 그래야 정말 힘든 날, 세상에 혼자 남겨진 듯한 순간에도 발걸음이 자연스럽게 그곳을 향한다. 한번 걸어본 길은 헤매지 않고 다시 진입하기 쉬운 법이다. 어떤 상태가 안락한지 알고 그곳에 이르는 경로를 익혀두면 평온한 마음으로 돌아가는 속도가 빠르다.

## 좋아하는 것을
## 마음껏 좋아하기

커피를 좋아한다. 이 말을 당당하게 하기까지 꽤 오랜 시간이 걸렸다. 매일 커피를 마시면서도 온 마음으로 좋아하지 못했다. 꼭 마시지 않아도 될 커피를 매일 마시는 게 사치처럼 느껴져서다. 심지어 커피를 멀리하겠다며 수차례 '커피 끊기'에 도전하기도 했다.

이제는 인정하기로 했다. 내가 하루를 시작하며 가장 기대하는 순간은 여전히 커피를 마시는 시간이다. 나는 비싼 옷에 관심이 없고, 밥은 제철 식재료를 사서 간소하게 차려 먹는다. 욕심부리는 소비가 없다. 하지만 커피 한 잔을 고심해 골라 마시는 일에는 큰 기쁨을 느낀다. 원두의 종류를 알아가고 맛의 미묘한 차이를 발견하는 것이 즐겁다. 커피 한 잔을 떠올리면 아침부터 기분이 좋아지고, 마음에 드는 카페라면 기꺼이 시간을 들여 찾아간다. 이런 설렘을 주는 일이 내 삶에 또 얼마나 있을까.

지금껏 스스로에게 기쁨을 허락하는 데 너무 인색했다. 쉼조차 눈치를 보며 했던 것은 아닌가. 누구도 눈치를 주지 않

는데 과하다는 이유로 자신을 검열하며 산 세월이 길다. 이제
는 커피를 아주, 마음껏 좋아하기로 했다. 몇 안 되는 행복을
충분히 누리도록 나 자신을 놓아주자. 좋아하는 것을 앞으로
는 더 마음껏 좋아하고 싶다.


●

**평범한 일상을
여행처럼 보내기**


경복궁 주변 동네를 좋아한다. 가장 자주 가는 곳은 삼청
동과 북촌 일대. 국립현대미술관에서 이우환 작가님의 〈선으
로부터〉를 보고 또 봤다. 작은 갤러리에 불쑥 들어가 새로운
전시를 구경하기도 한다. 카페 '허스밴즈'에서 커피를 마시고
'현대카드 디자인 라이브러리'에서 작업을 한다. 누자베스의
음악을 들으며 돌담길을 걷기도 한다. 어떤 날은 청와대 앞길
을 지나 서촌으로 향한다. 가장 자주 찾는 곳은 '에코레 카페앤
그로서리'다. 영화 〈카모메 식당〉의 손님이 된 기분으로 계절
마다 준비된 제철 파스타를 먹는다. 부암동으로 향하는 날도
있는데, 꼭 '데미타스'에 간다. 다락방에서 엄마가 해준 집밥을

먹는 듯 포근한 기분이 드는 곳이다.

서울에 몇 년째 살고 있지만 남산타워를 보면 여전히 설렌다. 남산을 보기 위해 해방촌이나 이태원 카페로 향하기도 한다. 외국인들 사이에 섞여 앉아 노트북을 하다가 카페 옥상에 올라가 탁 트인 풍경을 본다. 집으로 돌아가는 길엔 이태원 부군당 역사공원에 들러 서울의 전경과 노을의 아름다움을 만끽한다. 드넓은 하늘 밑에 여의도 풍경이 한눈에 들어온다. 어둠이 내리기 시작하면 남산 둘레길에서 402번 버스를 탄다. 창밖으로 길게 뻗은 은행나무 가로수길을 바라보다 시청역에서 내려 광화문까지 걷는다. 교보문고를 한 바퀴 둘러보는 것으로 하루를 마무리한다.

내가 여행처럼 느끼는 일상의 풍경이다. 좋아하는 동네에서 시간을 보내고 돌아오면 마음을 깨끗이 샤워한 기분이 된다. 왕복 버스비 3000원으로 즐기는 여행. 일상을 여행처럼 대하면 모든 풍경을 지긋이 바라보고 음미할 수 있다. 매일 보던 노을도 이런 날에는 더 아름답다. 모든 게 낯설어지고, 나를 둘러싸고 있는 일상이 감사하다.

휴식 없이 나아갈 수는 없다. 오래가기 위해서는 평범한 일상 속에서, 그리고 나 자신에게서 힘을 얻을 수 있어야 한다. 혼자서도 충분히 재충전할 수 있으니 쉬는 것도, 잠시 넘어지는 것도 두렵지 않다. 설령 넘어지더라도 언제든 다시 일어설 수 있다는 확신이 있기 때문이다. 좋아하는 것을 선명하게 좋아하는 삶은 이토록 든든하고 안락하다.

# 어른에게도 재밌어서 하는 일이 필요하다

어떤 목표로 달려가지 않아도 된다

초등학생 때 방학이 오면 매번 스케치북 하나를 사서 하루에 한 장씩 그림을 그리곤 했다. 어떤 날은 파스텔로, 어떤 날은 물감으로 채웠다. 한 장을 완성해 느끼는 기쁨과 뿌듯함을 좋아했다. 잘 그리고자 하는 욕심은 어린아이에게 없었다. 숙제도 아니었다. 그저 재미있어서였다.

순수하게 재미있어서 하는 일들이 내게서 사라진 이유를 고민한 적이 있다. 어른이 되니 모든 행동에 의미를 부여하고, 모든 행동으로부터 어떤 결과를 만들려고 애쓰게 된 걸까. 우리는 작은 취미를 하나 가진다고 해도 이걸 함으로써 '어떤 사람이 되어야지'라는 목표 하나 정도는 세우고 시작하는 경향이 있다.

허리 치료를 받느라 누워만 있었을 때 할 수 있는 게 별로 없어 아이패드로 그림을 그린 적이 있다. 초등학생 시절로 돌아간 기분이 들어 신이 났다. 어떤 기대도, 잘하고자 하는 욕심도 없었다. 그냥 '재미있어서' 그렸다. 이 감정이 치료를 받느라 힘들고 삭막해진 일상을 버티게 해줬다. 마음이 꿈틀거리고 묘한 해방감마저 느꼈다. 요즘은 카메라를 사서 일상적인 풍경을 사진으로 담고 있다. 누구에게 보여주는 것도, 어디에 올리는 것도 아니다. 그저 내가 보는 아름다운 장면을 화면으로 포착해 오래도록 볼 수 있다는 게 즐겁다.

어떤 목표로 달려가지 않아도 된다는 감정이다. 어떠한 목표도 없이 자유롭게 재밌게 하는 일을 만들자. 어른에게는 어쩌면 어린이보다 더, 재미있어서 하는 일이 필요하다. 이 일이 뻣뻣하고 경직된 삶에 윤활제가 된다. 이미 돈도 벌고 밥값도 하는 삶인데 어떤 것 하나만큼은 대책 없이, 목표 없이, 바라는 것도 없이 그저 재미있다는 마음 하나로 뛰어놀고 쉬어도 된다.

# 행복 전시하지 않기 연습

내 행복의 유일한 목격자가 된다

행복 전시하지 않기 연습

행복을 느낀 순간을 전시하려고 하지 않는다. 나는 내 행복의 유일한 목격자가 된다. 그러면 행복은 더욱 진해진다. 좋았던 순간을 전시하지 않는 연습이 필요한 이유는 '오직 나를 위해 산다'는 감각을 온몸으로 익히기 위해서다. 이 감각을 통해 일상을 살아내며 마음먹은 바를 실천할 에너지를 충전한다. 자가동력형 인간이 될 수 있는 방법이다.

행복은 음미하고 응축하는 것이다. 타인이 본다는 전제하에 행복을 기록하고 어딘가에 올리며 전시하면 결국 내가 아닌 누군가를 의식하는 에너지를 쓰게 된다. 그럼 행복의 순간이 온전하고 충분한 시간으로 남기보다는 또다시 사회 속에서 내가 '행복한 존재'임을 증명해 보이고 싶은 욕구의 결과물로 전락하고 만다.

행복한 순간을 스스로 만들고 과시하지 않을 때, 조금의 남김도 없이 행복의 총량을 온전히 내 것으로 만드는 기분이 든다. 이 행복은 누구에게도 빼앗기지 않는 나의 것이 된다.

# 마음 돌봄 노트

지치고 힘든 날, 도망치고 싶은 순간에 나를 기꺼이 품어줄 안식처가 있나요? 내가 무엇을 좋아하는지 정확히 알고, 그 기쁨을 곁에 두는 삶은 든든합니다. 스스로를 돌보고 달랠 수 있을 때 끝까지 나아가는 힘이 생기니까요.

**Q. 내가 들어가서 쉴 수 있는 '자기 돌봄의 방'에는 어떤 행위들이 놓여 있나요?**

ex. 명상, 산책, 차 마시기, 아로마 오일 마사지, 독서

**Q. 마음껏 좋아하지 못했던 나만의 기쁨이 있나요? 그것을 써보고 이제는 허락해 주기로 해요.**

ex. 좋아하는 카페에서 보내는 시간, 살까 말까 고민한 옷 한 벌

Q. 익숙한 일상인데, 여행지에 온 것처럼 나도 모르게 휴대폰을 들어 사진을 찍게 된 순간이 있나요? 그건 무엇이었나요?

ex. 강 위로 내려앉은 노을, 여름의 우거진 숲, 화려한 도시의 불빛

*Be*

꾸준함이 만들어준 나

# 나는 내가 좋다

꾸준함을 기르는 일은

자기 사랑을 만드는 과정이었다

여전히 지겹게도 열심히다. 내게 '열심'은 좀처럼 버리지 못하는 습관이다. 이렇게 매사에 열심히인 나를 보면 이전의 일상과 별반 다를 게 없지만, 성장하고 싶은 마음과 꾸준함이 온전히 나를 위해 쓰이니 새로운 인생을 부여받은 기분이다.

꾸준함을 기르는 일은 나의 내면을 수련하는 시간이자 '진짜 나'를 만나는 과정이었다. 그 과정에서 나만의 방법을 터득했고 쉼의 중요성도 알게 됐다. 꾸준함을 장착한 나는 이전과 다른 삶을 산다. 내면의 변화는 누구에게도 보이지 않지만, 스스로는 안다. 세상이 완전히 다르게 보일 만큼 힘이 세다는 것을. 그리고 무엇보다 나는 내가 좋다. 이 고백을 하기까지 참 많이도 돌아왔다.

지금껏 내게 변화란 나를 부정하고 새롭게 세우는 일과 같았다. 내가 잘못되었고, 바뀌어야 하며, 고쳐야 할 것투성이라고만 생각했다. 평생 나로 살 수밖에 없는데 나를 거부하기만 했으니 그 속이 얼마나 괴로웠을까. 이제 나는 스스로를 더 이상 저버리지 않는다. '누군가'가 되려 애쓰는 대신 기꺼이 내가 되기로 했다.

## 죽이 잘 맞는 친구이자
## 연인처럼

꾸준함을 기르며 내가 무엇을 좋아하는지, 어떤 상황에서 힘들어하는지, 어떻게 해야 용기가 생기는지 알게 됐다. 마치 죽이 척척 맞는 친구를 만난 것처럼 나 자신과 친밀해진 것이다. 세상에서 가장 가까운 내가 나에게 다정하니, 마음은 언제나 따뜻한 집에 머무는 듯 안락하고 평온하다.

고생을 함께한 친구와는 끈끈함이 생긴다. 나와도 마찬가지다. 온갖 어려움을 겪고 있을 때 주저앉지 않고 자신의 모습을 인지하고, 그럼에도 해내고, 기특하게 여기면서 나와의 관계가 끈끈해졌다. 끈끈해진다는 건 친해진다는 것, 이해심과 너그러움이 생기는 것이다. 이는 남에게는 줄 수 없는 상냥함과 관용이다. 어떠한 상황이 찾아와도 나의 입장을 고려한다. 무조건 잘못을 탓하는 게 아니라 선택을 이해해 보려 한다.

힘들 때는 다시 해보자고 응원할 수 있다.

꾸준함을 기르는 일은 자기 사랑을 만들어가는 일이었다. 나를 사랑한다는 건 글로 배운다고 되는 게 아니다. 힘든 순간을 견디고 이해하고 돌보면서 친밀함이 쌓여 나와 절친이 되었을 때 가능하다. 그렇게 나와의 우정이 차곡차곡 쌓여 그것은 결국 사랑의 형태가 되었다.

## 나에게
## 좋은 말을 건넨다

평생 쓰던 일기의 내용이 달라졌다. 재촉과 비난의 문장이 있던 곳에 나를 다독이는 따뜻한 말들이 자리하기 시작했다. 마음이 깨끗하고 선명해지니 후회와 두려움보다는 계획과 구체적인 행동을 더 많이 적게 되었다. 실수했을 때, 조금이라도 미루고 싶을 때, 못 할 것 같아 불안할 때 나는 나에게 어떤 말을 건넸는지 떠올려 보자. 그 비난 섞인 말들이 결과를 조금이라도 좋게 만들어준 적이 있었던가? 부정적인 내면 언어 또한 습관이다. 내면의 말은 누구에게도 들리지 않고 그러니 고쳐주는 이도 없다. 그래서 좋은 말을 스스로에게 건네는 연습을 끊임없이 반복해야 한다.

친구나 사랑하는 사람에게라면 결코 하지 않았을 말을 나에게 함부로 뱉고 있지는 않은지 생각해 본다. 남에게 예쁜 말을 건네기 전에 나 자신에게 먼저 좋은 말을 건네자. 내가 곧 나의 세상이 된다.

●

## 눈앞의 저 사람도
## 행복했으면 좋겠다

내면이 평온해지면 다른 사람의 마음을 돌볼 품이 생긴다. 나를 볼 때 느꼈던 날카로움이 내가 나로 머무는 일조차 불안하게 만들었고, 그 기운이 타인에게까지 전해질까 거리를 뒀었다.

이제는 내가 좋고, 세상을 느끼는 나의 방식 또한 좋으니 사람들에게 이 사랑을 기꺼이 나눠주고 싶다. 저 사람도 진심으로 나만큼 편안하고 행복했으면 좋겠다. 이런 마음가짐은 겉으로 드러나는 표정과 말투, 행동마저 부드럽게 만든다.

보이는 결과뿐만 아니라 세상과 연결되는 방식도 달라졌음을
실감하는 순간이다.

# 믿음이라는 삶의 기반이 생기다

돌아가더라도 나는 결국 해낸다

꾸준함은 인간이라면 누구나 가질 수 있는 능력이다. 그러나 누구나 갖는 것은 아니다. 계속한다는 것은 쉬운 듯하면서도 이토록 어렵다. 그렇기에 꾸준함을 기르게 되면 자신을 다르게 바라보게 되고, 인생의 전환점을 만들어낼 수 있다. 단지 계속했다는 이유만으로.

## 삶의 기반이 되는
## 자기 신뢰의 기초 공사

꾸준함을 기르는 과정에서 특히나 기쁘게 여겼던 변화는 나에 대한 믿음이 확고해졌다는 것이다. 예전에는 '이것도 금방 포기하겠지'라고 생각했다면 이제는 '돌아가더라도 나만의 방법을 찾아 결국 해내겠지'라고 생각한다. 무엇을 하든 금방 그만둘 것 같고 못 해낼 것 같던 내가 달라진 것이다. 인생에서 꼭 필요했던 자기 신뢰의 기초 공사 기간을 통과한 기분이다.

꾸준함을 길러보니 자기 신뢰는 무언가를 해냈을 때나 결과를 쥐었을 때만 생기는 것이 아니었다. 작은 일을 계속 반복한다는 자체로 만들어지기도 했다. 기쁘게도 이렇게 생겨난 자기 신뢰가 나의 삶 전반을 지탱하는 기반이 되었다. 나에 대한 믿음이 단단하게 받쳐주니 어떤 일이 닥쳐와도, 어떤 관계가 찾아와도 쉽게 무너지지 않는다. 내가 나를 안에서 지지하고 있으니까.

## 과정이 새로운 정체성을 만들어낸다

시간이 흐른다는 건 변함없는 사실이다. 삶에서 결코 변하지 않는 사실이 있다면 차라리 그걸 내 편으로 만드는 게 수월하다. 매일 작은 행위를 반복하고 그 과정을 기록하다 보면, 처음엔 별거 아니던 일이 점점 말할 수 있는 '무언가'가 된다.

어느 순간 시간이 내 편이 되어 사소했던 일의 크기와 의미가 기하급수적으로 커지기 때문이다. 시간의 흐름에 따라 자연스레 얻을 수 있었던 이러한 변화를 내 삶에서 수없이 목격했다.

늘 결과를 쫓았다. 지금보다 더 나아진 상태를 바라고, 어딘가에 도착해야만 과정이 의미 있게 여겨질 수 있다고 믿었다. 이제는 다르게 생각한다. 과정 또한 그 자체로 결과가 될 수 있다. 딱 하루치 삶에만 집중하고, 이 과정을 기록하기 시작했을 때는 큰 변화가 일어난 것처럼 보이지 않는다. 하지만 수없이 이를 반복하는 과정에서 시간이 내 편으로 작용하니, 반복 자체가 하나의 아웃풋이 되는 순간이 찾아왔다. 결과에 도착하기 전부터 과정이 열매가 된 것이다.

나는 블로그와 인스타그램에 나를 돌보고 성장시키는 과정을 기록함으로써 '꾸준한 사람'이라는 정체성을 갖게 되었다. 한 번도 생각하지 못했고 기대하지도 않았던 결과였다. 이제 많은 분들이 꾸준함을 기르고 싶을 때 나에게 방법을 묻는다. 내가 걸어가는 길이 특별해서가 아니다. 내가 그 과정을 꾸준히 드러냈기 때문이다. 무언가를 이루기 전이었는데도, 나는 이미 '꾸준한 사람'으로 여겨졌다. 이렇게 나의 정체성은 나자신은 물론 세상까지 안팎으로 변했다.

이 책의 첫 문장은 내가 꾸준함이라는 단어를 두려워했

다는 고백으로 시작한다. 그때의 나와 지금의 나는 스스로를 다르게 본다. 꾸준함을 기르는 과정에서 새로운 정체성이 피어날 수 있다. 그저 계속하기만 하면, 변화하고 성장한 내가 두 팔을 벌리며 내 앞에 기다리고 있다.

# 증명을 멈추고 아름답게 존재하기

## 나 자체로 괜찮은 사람이 되고 싶어서

꾸준함을 기르는 과정은 나의 기준에 집중하는 즐거움을 가르쳐줬다. 타인의 칭찬과 위로는 잠시 숨을 틔워줄 수 있어도 그게 나 자체가 될 수는 없었다. 순위, 연봉, 재산, 팔로워 수, 체중처럼 나를 설명하는 숫자들 역시 내 존재의 가치를 대신하지 못했다. 그것들은 나의 본질이 아니라, 살아가는 동안 거쳐 가는 지표였을 뿐이다.

타인의 평가에 의존하고, 나를 규정짓는 숫자들에 끊임없이 휘둘리며, 어떤 날은 나의 존재 자체를 부정하기도 해봤지만 끝내 나를 포기하지 않고서야 깨달았다. 그동안 선택받는 삶, 평가받는 삶, 등급으로 규정되는 삶을 목표로 달려왔다는 것을. 나만의 속도와 기준을 존중하자, 더 이상 증명하지 않아도 된다는 생각이 들었다. 근사한 사람으로 '보여지는 것'보다 내가 나에게 '존중받는 것'이 더 행복하기 때문이다.

내부로 시선을 돌려
내 눈에 멋진 사람으로

타인에게 증명을 멈춘다는 건 나를 방치하는 일이 아니다. 삶을 만족스럽게 여기는 기준을 바꾸는 일이다. 타인의 눈에 멋진 사람이 아니라, 내 눈에 멋진 사람이 되는 것.

보여주는 아름다움을 신경 쓰기 이전에 진짜 나다운, 아름다운 삶은 무엇인가 고민해본다. 아무도 보지 않는다고 해서 구멍 난 옷을 입고 있지는 않은지, 반찬통째로 꺼내어 먹고 있지는 않은지, 아무도 오지 않는다는 이유로 집을 방치하고 있지는 않은지, 종일 과자를 먹으며 시간을 흘려보내고 있지는 않은지, 끊임없이 나를 비난하고 있지는 않은지 점검한다. 홀로 있을 때 나와 존재하는 방식에서 나답게 아름다운 삶을 정의할 수 있으니까.

자신과 근사하게 지낼수록 삶은 윤택해진다. 인생에서 가장 오래 함께할 사람은 결국 나 자신이다. 나로 존재하는 방식을 아름답게 만들어 스스로에게 멋진 삶을 선물로 안겨주자.

# '그냥' 하지 않는다

왜 이 어려운 일을 해야만 하는가?

'그냥' 하지 않는다

깐깐한 사람이 됐다. 무작정 하지 않는다. 시킨다고 무조건 하지 않는다. 해야만 할 것 같아서 하지 않는다. 어떤 일을 하든 '왜?'라는 물음을 자꾸 던진다. 매 순간, 본질에 닿아 있으려 한다. 왜 이 일을 하는가? 왜 이 회사를 다니는가? 왜 이 어려운 일을 해야만 하는가? 매 순간 묻기에 속도가 느려질 수밖에 없었다. 제대로 짚어서 가기 때문이다.


●

**쳇바퀴에서 탈출하다**


나만의 방법을 찾아 꾸준함을 기르기 시작한 후 회사 생활이 달라졌다. 예전엔 눈을 뜨면 관성처럼 일터로 향하곤 했었다. 야근을 훈장처럼 여기며 몸이 축날 때까지 일에 몰두하곤 했다. 하지만 이제는 모든 일이 내 인생에 어떤 영향을 미치는지 냉정하게 따져 묻는다. 지금 이 시기에 여기서 이 일을 해야만 하는 이유가 있는가? 내가 세상에 내보내고 싶은 일을 하기 위해 내 것으로 만들어야 할 경험은 무엇인가?

경력이 쌓일수록 어떤 직업의 이름이나 겉모습보다, 더 깊은 일의 본질을 고민하며 살고 싶어졌다. 직장이라는 울타리가 내 모든 갈증을 해결해 줄 수는 없었다. 그렇다고 시간을 무의미하게 흘려보낼 수도 없었기에, 직장을 '나를 성장시키는 터전'으로 새롭게 정의했다.

회사 바깥에서 홀로 서기 위해 배울 수 있는 모든 것을 흡수하기 시작했다. 커뮤니케이션 기술, 이메일 작성법, 일정 관리법, 각종 글쓰기 기술, 갈등 해결법 등을 기민하게 파악하고 온몸으로 배웠다. 월급 때문에 버티는 것이 아니라, 내 성장을 위한 연습장으로 삼은 것이다.

주어진 환경에서 주체성을 갖자 어떠한 환경에도 휘둘리지 않는 보호막이 생겼다. 회사에 큰일이 닥쳐도 내 삶이 통째로 휘청이지 않았고, 타인의 피드백이나 인간관계에 감정을 몽땅 내어주던 나약함도 사라졌다. 어차피 내가 얻어야 할 배움이 분명했기에, 누군가 나를 흔들면 그조차 '인간관계를 배우는 과정'이라 여기며 유연하게 넘겼다. 직장 생활을 내 삶의 전부가 아닌 일부로 대하기 시작한 것이다. 그리고 이곳에서 익힌 배움들을 바깥에서 내 일을 하는 데 적극적으로 활용했다.

무작정 성장하려고 애쓸 때보다 이유를 따지며 행위의 본질을 찾는 지금의 내가 훨씬 더 나답게 느껴진다. 이제 내가 나로서 무엇을 해야 하는지는 분명하다. 무엇을 해야 하는지 아는 사람은 당차게 자신의 길을 만든다.

# 오리지널리티의 탄생

왜 그렇게 완벽하고 싶었어?

한 사람을 유일한 존재로 만들어주는 오리지널리티는 개인의 고유성을 기반으로 한다. 그렇다면 그 고유성은 어떻게 생겨나는가. 나의 답은 '자기 수용'이다. 내면의 어둠과 밝음을 있는 그대로 인정하고 수용하는 것. 자신을 인정하지 못하면 자꾸만 다른 사람이 되려 애쓰거나 본모습을 숨기게 된다.

내가 세모 모양으로 태어났고 평생 그 모양을 바꿀 수 없는데, 스스로 세모라는 사실을 인정하지 않는다면 어떻게 될까. 나는 세모로도 살 수 없고, 그렇다고 다른 모양이 될 수도 없는 어중이떠중이 같은 삶을 살게 된다. 그런 사람에게 고유성이 생길 리 없다. 자신을 수용하면 사람들 속에서 그냥 나 자체로 서 있어도 괜찮다는 확신이 든다. 온전히 나로 머물 수 있는 단단한 자신감은 바로 거기서부터 시작된다.

자기 수용 ⟶ 고유성 ⟶ 오리지널리티 (독창성)

자신을 수용할 때는 잘난 모습뿐 아니라 못나고 부족한 모습도 전부 나임을 받아들여야 한다. 울퉁불퉁한 나, 삐죽 튀어나온 모서리까지 포용할 수 있을 때 비로소 세상에 단 하나뿐인 모양을 가진 사람이 된다.

## 자기 수용에서 생겨나는 오리지널리티

나는 꾸준하지 못하고 쉽게 포기하던 내 모습을 인정하는 것부터 시작했다. 타인을 부러워하며 잘하고 싶어 하는 마음 또한 인정했다. 거부하지 않고, 부정하지 않으니 마음이 편했다. 그랬구나, 그럼에도 불구하고 내가 이렇게 잘 살고 싶은 거구나! 그러자 나를 포용하고 북돋아 주고 싶은 마음이 생겼다.

이렇게 인정한 뒤에는 내가 힘들어하지 않고 계속할 수 있도록 나에게 맞는 방법을 찾았다. 허무맹랑한 계획을 세우지 않고, 일을 미리 해서 스스로를 힘들지 않게 하고, 포기하지 않고 과정 안에 머물고 있으면 나를 칭찬했다. 삶에 대한 나만의 정의와 방법이 생겼다. 어딘가에서 쉽게 포기하는 자신을 견디기 힘들어하는 사람들에게 나눠줄 경험과 이야기가 생겼다. 이것이 나의 오리지널리티다.

남들과 똑같이 살고 싶은 사람이 어디 있을까? 똑같이 살고 싶어도 그렇게 되지 않는다. 우리는 애초에 모두 다르게 태어났다. 지금은 부족한 부분이 있더라도, 틀린 게 아니라 다른 것이기에 부족하다고 여겨지는 점마저 개성과 매력으로 승화할 수 있다.

## 남들과 달라 독특해지는 나를
## 두려워 말 것

얼마 전 흥미로운 사실을 깨달았다. 나는 완벽한 사람을 좋아하지 않으면서, 스스로는 완벽해지길 바랐다는 점이다. 내가 매력을 느끼는 사람들은 누구인가? '완벽'한 사람들이 아니라 자신의 세계가 뚜렷한 사람이다. 열정을 좇아 세계 일주를 하거나, 음악에 미친 듯이 몰입하거나, 요리를 배우기 위해 바닥부터 무수한 시간을 쌓아온 사람들. 나는 무언가에 '미친'

사람들을 좋아한다. 남들과 다르다는 것은 자신만의 무언가가 뾰족하다는 뜻이고, 그 뾰족함에서 선명한 세계가 만들어진다.

나에게 솔직하게 물었다. '왜 그렇게 완벽하고 싶었어?' 이 세상에 나밖에 없었다면 이런 노력을 하지 않았을 것이다. 완벽해지고 싶었던 건 내가 속한 사회에서 사랑받고 싶었기 때문이다. 그 안에서도 내 색깔을 잃지 않고 빛나고 싶다는 바람이었다. 그런데 그 방법이 '완벽'이어야 한다는 잘못된 결론에 다다랐던 것이다.

이제는 안다. 내가 완벽한 사람에게 호감을 느끼는 게 아니듯, 나 역시 완벽할 필요가 없다. 인생을 즐기고 자신만의 세계가 있는 사람들이 아름다운 것처럼, 나도 나만의 세계를 가꾸는 데 힘을 쏟으면 그만이다.

주어진 내 삶을 감사히 알차게 즐길 것. 나만의 정원을 아름답게 가꿀 것. 향기로운 정원에는 누구나 머물고 싶은 법이다. 이 세상에 '완벽한 정원'은 없다. 저마다의 아름다움을 가진 정원만 있을 뿐이다. 그러니 남들과 달라 독특해지는 나를 두려워하지 말자. 완벽이라는 허상을 버리고 그저 나다운 정원을 꾸준히 가꾸면 된다.

# 심신단련, 늘 맑은 상태를 유지한다

나의 물은 지금 맑은가, 탁한가?

맑음의 상태를 수호하자. 투명하고 깨끗한 사람이 되려
한다. 그러려면 감정을 제때 해소하고, 육체를 건강하게 돌봐
야 한다. 지속할 수 있을 만큼 매일 운동하고, 할 수 있는 만큼
은 최선을 다해 요리해 먹는다. 매일 글쓰기와 명상으로 감정
을 흘려보내며, 깨끗이 씻고 좋은 향을 곁에 두어 몸을 개운하
게 만든다. 청소와 정리를 통해 주변 환경을 정갈하게 한다. 심
신을 단련하며 내 안팎의 기운을 맑게 만드는 것. 기복 없는 평
온함을 유지하는 확실한 방법이다.

## 몸뿐만 아니라 마음까지 건강하게

지난 2년 동안 20킬로그램을 감량했다. 꾸준함을 길러
노력한 결과다. 건강이 나빠졌기에 반드시 체중을 줄여야 했

지만, 무엇보다 살이 찐 상태의 내 모습이 만족스럽지 않았다. 맑은 몸과 정신으로 살고 싶었다. 살을 빼고 나니 몸은 가벼워졌고 일상은 윤택해졌다.

하지만 감량보다 힘든 것은 유지였다. 몸은 가벼워졌을지언정, 마음에는 여전히 찌든 때가 남아 있었다. 체중을 감량하기 위해 노력한 나를 충분히 칭찬해 주지 못했다. 거울을 봐도 만족하기보다는 불만족스러운 부분을 찾아내 다그쳤다. 외면의 변화는 그저 껍데기의 변화일 뿐, 내면이 지옥이면 외면의 변화도 소용없다는 사실을 그때 알았다. 예전의 나쁜 습관으로 돌아가려는 나를 붙잡느라 애를 먹었고, 살을 빼도 여전히 부족하다는 강박을 바로잡느라 고군분투했다. 있는 그대로의 나를 사랑하기 위해 자아상을 교정하는 작업은 단순히 살만 뺀다고 되는 게 아니라 마음과 생각, 생활 습관 모두를 새로 갖춰야 하는 험난한 여정이었다. 더러워진 마음의 창을 계속 닦아내야 했고, 마침내 해냈다.

한 번에 도려내려 하지 않았다. 앞서 말한 꾸준함을 기르는 방법들을 적용해 점진적으로 개선하고, 좋은 행동을 계속해가면서 나 자신이 나쁜 상태에서 좋은 상태로 조금씩 넘어가고 있음을 인정했다. 그렇게 나는 건강한 마음까지 안착시킬 수 있었다.

지금 나의 물은 맑다. 평생 맑은 물을 유지한다는 생각으로 좋은 것을 계속 채워주고 있기 때문이다. 꾸준함을 연마한 덕분에 몸과 마음이 늘 건강하다.

# 내 인생 사용 설명서를 가진 느낌

우울하거나 힘들 때 내게 무엇을 해주면 될까?

물건 하나를 사거나 가전제품 하나를 들여도 사용설명서를 읽는다. 그런데 우리는 왜 이 귀한 인생을 살면서도, 정작 나를 탐구하는 일을 당연히 여기지 않을까?

나를 이해하는 과정은 인생 사용설명서를 만드는 과정과 같았다. 이 사용설명서는 오직 나에게 맞춰져 있다. 지금껏 부단히 나에 대해 알아내고 나와 친해진 끝에 어떻게 하면 덜 힘든지 알고, 어떻게 하면 꾸준히 하는지 알고, 어떻게 하면 즐겁고 행복하고 평화로운지 알았다. 나의 삶을, 시간을 어떻게 하면 꾸준히 더 잘 사용할 수 있는지 전보다 훨씬 잘 알게 되었다.

타인과의 관계를 고민하거나 마음을 얻는 법을 고민하기 전에, 내가 어떻게 반응하며 어떤 성향을 지니고 있고 어떻게 하면 더 부드럽게 작동하는지를 아는 것이 더 먼저다. 내가 없으면 남도 없고 세상도 없다. 내가 바로 서야 세상 속에서도 행복하게 머물 수 있다.

　나만의 사용설명서를 보유한 채 살아가는 느낌은 무척 안락하고 편안하다. 든든하고, 언제나 안정적이다. 무엇보다 좋은 점은 사용설명서가 자세할수록 미래가 두렵지 않다는 사실이다. 자신이 지금껏 써온 사용설명서를 들여다보면 되니까. 우울하고 힘들 때 내게 무엇을 해주면 되는지 우리는 이미 알고 있다.

# 성장하고 싶은 마음을 소중히 여긴다

나에게 가장 큰 사랑을 주는 방법

그러니까, 모든 게 다 사랑해서였다.

힘들게 노력한 것도, 나를 몰아세우듯 다그친 것도 결국 다 나를 사랑해서다. 사랑하지 않으면 방치하지, 애써 노력하지 않는다. 관심조차 없었을 것이다. 꾸준한 사람이 되어 삶을 바꿔보고 싶은 이 마음은 귀하고 소중하다. 하지만 사랑해서 힘들 수도 있다. 연애가 서툰 사람은 상대가 사랑을 느끼는 방식이 아닌, 자신이 추구하는 방식으로 사랑을 표현하곤 한다. 그래서 사랑을 하면서도 서로 힘들게 한다.

삶을 아끼고 사랑하는 방법을 알아가는 과정도 똑같다. 자신의 인생을 사랑하기 때문에 자신의 방식대로 목표도 세워보고, 무언가 새롭게 도전도 하는 것이고, 바뀌려고 노력하는 거다. 이 정성, 성실, 관심을 소중히 바라봐야 한다.

그러나 그 과정이 너무 힘들다면, 자꾸 힘에 부친다면 내가 원하지 않는 방식으로 사랑을 주고 있는 걸 수도 있다. 과한 에너지를 쓰고 있는 건 아닌지, 더 잘 살기 위해 하는 일에 내가 나를 겁주고 있는 건 아닌지, 지치고 있기만 한 건 아닌지 살펴봐야 한다. 그래야 나에게 적절하게 딱 맞는 사랑을 줄 수 있다. 내가 마음 편안한 상태에서 꾸준할 수 있도록 도와주자.

그동안 사랑하느라 애썼다. 그저 서툴렀을 뿐이다. 지금 부터라도 나를 이해하며 바꿔가면 된다. 그저 내가 되기 위해 계속 걸어가보자. 지금껏 내가 나에게 한 번도 주지 못했던 가장 큰 사랑을 줄 수 있다.

# 마음 돌봄 노트

그동안 나를 다그치고 몰아세웠던 모든 애씀이 사실은 스스로를 사랑해서였다는 걸 이제는 압니다. 사랑하지 않았다면 변화를 위해 그토록 치열하게 고민하고 괴롭지 않았을 테니까요. 조금 서툴렀을 뿐, 나를 더 나은 곳으로 데려가려 했던 그 마음을 이제는 소중히 바라보세요. 어느덧 책의 마지막 페이지입니다. 그동안 고생한 나에게, 그리고 꾸준함을 길러가며 삶을 함께할 나에게 메시지를 남겨봅니다. 나의 노력을 충분히 칭찬하며 사랑과 응원을 건네주세요.

# 꾸준함을 기르는 일

**초판 1쇄 인쇄** 2026년 4월 16일
**초판 1쇄 발행** 2026년 4월 24일

**지은이** 수풀림(장경림)
**펴낸이** 김선식

**부사장** 김은영
**콘텐츠사업본부장** 임보윤
**책임편집** 이가현　**디자인** 권예진　**책임마케터** 최민경
**콘텐츠사업3팀장** 이승환　**콘텐츠사업3팀** 김한솔, 권예진, 이가현
**마케팅사업1팀** 이고은, 지석배, 최민경, 김은지　**홍보1팀** 홍수경, 변승주
**브랜드사업본부** 정명찬
**브랜드홍보팀** 오수미, 서가을, 박장미, 박주현　**영상홍보팀** 이수인, 염아라, 이지연, 노경은
**저작권팀** 성민경　**편집관리팀** 조세현, 김호주, 백설희
**재무관리팀** 하미선, 임혜정, 이슬기, 김주영, 오지수
**인사총무팀** 강미숙, 김재경, 김혜진, 김주림, 황종원
**제작관리팀** 이소현, 김소영, 유미애, 이지우, 이승협
**물류관리팀** 김형기, 김선진, 주정훈, 양문현, 채원석, 박재연, 이준희, 최대식

**펴낸곳** 다산북스　**출판등록** 2005년 12월 23일 제313-2005-00277호
**주소** 경기도 파주시 회동길 490
**전화** 02-704-1724　**팩스** 02-703-2219　**이메일** dasanbooks@dasanbooks.com
**홈페이지** www.dasan.group　**블로그** blog.naver.com/dasan_books
**종이** 스마일몬스터　**인쇄** 민언프린텍　**코팅 및 후가공** 제이오엘앤피　**제본** 국일문화사

ISBN 979-11-306-7663-0 (03810)

- 책값은 뒤표지에 있습니다.
- 파본은 구입하신 서점에서 교환해드립니다.
- 이 책은 저작권법에 의하여 보호를 받는 저작물이므로 무단 전재와 복제를 금합니다.

다산북스(DASANBOOKS)는 독자 여러분의 책에 관한 아이디어와 원고 투고를 기쁜 마음으로 기다리고 있습니다.
책 출간을 원하는 아이디어가 있으신 분은 다산북스 홈페이지 '원고투고'란으로 간단한 개요와 취지, 연락처 등을 보내주세요.
머뭇거리지 말고 문을 두드리세요.